NUESTRA NOCHE DE PASIÓN

CATHERINE MANN

Editado por HARLEQUIN IBÉRICA, S.A.
Núñez de Balboa, 56
28001 Madrid

© 2014 Catherine Mann
© 2015 Harlequin Ibérica, S.A.
Nuestra noche de pasión, n.º 2029 - 4.3.15
Título original: For the Sake of Their Son
Publicada originalmente por Harlequin Enterprises, Ltd.

I.S.B.N.: 978-84-687-5658-5
Depósito legal: M-34153-2014
Editor responsable: Luis Pugni
Impresión en CPI (Barcelona)
Fecha impresion para Argentina: 31.8.15
Distribuidor exclusivo para España: LOGISTA
Distribuidor para México: CODIPLYRSA
Distribuidores para Argentina: Interior, DGP, S.A. Alvarado 2118.
Cap. Fed./Buenos Aires y Gran Buenos Aires, VACCARO HNOS.

Capítulo Uno

Elliot Starc llevaba toda la vida enfrentándose al peligro. Primero, a manos de su violento padre y, más tarde, como piloto de Fórmula 1, cuando utilizaba sus viajes por todo el mundo para facilitarle información a la Interpol. Sin embargo, jamás se habría imaginado que lo secuestrarían, y mucho menos durante la despedida de soltero de su mejor amigo.

Furioso por la situación en la que se encontraba, trató de recuperar la serenidad. Entonces, se dio cuenta de que estaba maniatado. Trató de librarse de las esposas y de averiguar dónde se hallaba, pero estaba completamente desorientado. Lo último que recordaba era que estaba en Atlanta, Georgia, en una despedida de soltero. En aquellos momentos, estaba esposado y tenía una venda en los ojos. Solo sabía que estaba en la parte posterior de un vehículo que olía a cuero y a lujo. No escuchaba nada que pudiera darle pistadas. Tan solo el ronroneo de un motor bien afinado. El sonido de una lata de refresco al abrirse. Las suaves notas de una canción que se escuchaba tan bajo que podría estar reproduciéndose a través de cascos.

—Está despierto —susurró una voz profunda.

–Maldito sea… –replicó una segunda voz.

–Eh…

Elliot trató de gritar, pero tan solo consiguió producir un ronco sonido. Se aclaró la garganta y volvió a intentarlo.

–Sea lo que sea lo que está pasando aquí, podemos pedir un rescate…

Un largo zumbido fue la única respuesta. Inconfundible. Una pantalla que se cerraba para dar intimidad en el interior de un coche. Después, silencio. Soledad. Ninguna posibilidad de gritarle a los que estuvieran en…

¿Se trataría tal vez de una limusina? ¿Pero quién secuestraba a alguien utilizando una limusina?

Cuando el coche se detuviera, estaría preparado. En el momento en el que pudiera ver, ni siquiera necesitaría las manos. Le habían entrenado en siete formas diferentes de defensa personal. Sabía utilizar los pies, los hombros y el peso de su cuerpo.

Habían salido de la autopista al menos hacía ya veinte minutos. Podría estar en cualquier parte y Dios sabía que tenía enemigos por todo el mundo debido a su trabajo con la Interpol y sus triunfos en el mundo de las carreras. Además, tenía muchas exnovias furiosas…

Al pensar en las mujeres, hizo un gesto de dolor. Podría estar en Carolina… En casa. Demasiados recuerdos. Malos en su mayoría, a excepción del halo de brillante luz que suponía Lucy Ann Joyner. Sin embargo, hasta eso había estropeado.

Maldita sea.

Se centró de nuevo en el presente. El sol estaba empezando a filtrarse por la venda que le cubría los ojos. Por más que lo pensaba, no lograba imaginarse cómo le habían podido poner una venda en los ojos en la despedida de soltero de Rowan Boothe en un casino de Atlanta. Elliot se había escabullido para encontrar una botella de buen whisky escocés, pero antes de que pudiera agarrar la botella, alguien le había dejado inconsciente.

Si por lo menos supiera por qué le habían secuestrado… ¿Buscaban su dinero o acaso alguien había descubierto su secreta relación con la Interpol?

Había vivido su vida a tope, totalmente decidido a compensar su infancia. Tan solo se lamentaba de una cosa: su larga amistad con Lucy Ann había ardido más rápidamente que cuando tuvo un accidente en el Gran Premio de Australia el año anterior…

El coche se detuvo en seco. Se agarró los pies para no caer rodando al suelo y trató de permanecer relajado para que los secuestradores pensaran que se había vuelto a dormir. No obstante, se preparó por si surgía la oportunidad de enfrentarse a sus adversarios. No se rendiría sin presentar batalla.

Desde que había abandonado sus humildes raíces, había sido un hombre con suerte. Había evitado el reformatorio a cambio de recibir preparación militar en un centro para jóvenes con problemas. Allí, se hizo un grupo de amigos, inadaptados como él. Tomaron diferentes caminos en la vida, pero permanecieron unidos por su amistad y su trabajo para la Interpol. Desgraciadamente, ninguno había conseguido evitar que le secuestraran en la despedida de soltero a la que todos asistían.

La puerta se abrió y alguien se inclinó sobre él. Le quitaron la venda bruscamente y Elliot vio que, tal y como había imaginado, se encontraba en el interior de una limusina. Sin embargo, le sorprendió quiénes eran sus secuestradores.

–Hola, Elliot, amigo mío –le dijo Malcolm Douglas, su antiguo compañero de instituto, que era quien le había pedido que fuera a buscar la botella de whisky en la despedida de soltero–. ¿Te has despertado bien?

Conrad Hughes, otro de sus traidores amigos, le golpeó suavemente el rostro.

–A mí me parece que está bastante despierto –dijo.

Elliot contuvo una maldición. Le habían secuestrado sus propios camaradas en la despedida de soltero.

–¿Me puede explicar alguien qué es lo que está pasando aquí? ¿Qué es lo que estáis tramando los dos? –les preguntó furioso–. Espero que tengáis una buena razón para haberme traído hasta aquí de este modo…

–Lo verás muy pronto –le aseguró Conrad mientras le daba una palmada en la espalda.

Elliot salió del coche aún esposado y vio que se encontraba en medio de un espeso bosque.

–Me lo vais a decir ahora mismo si no queréis que os dé una buena paliza.

Malcolm se apoyó en la limusina.

–Inténtalo con las manos esposadas. Sigue hablando así y no sacaremos la llave.

–Sí, muy gracioso –replicó Elliot con frustración–. ¿No se supone que las bromas se le gastan al novio?

Conrad sonrió.

–Ah, no te preocupes por eso. Seguramente Rowan se estará despertando ahora mismo y estará a punto de descubrir su nuevo tatuaje.

Elliot extendió las muñecas esposadas y preguntó:

–¿Y cuál es la razón de esto? No soy yo el que se casa.

Malcolm se separó del coche y le indicó con la cabeza que echara a andar hacia una parte del pinar mucho más espesa.

–En vez de explicarte el porqué, dejaremos que lo averigües tú solo. Ven con nosotros.

Al adentrarse unos pasos en el bosque, reconoció el lugar en el que se encontraban. No había cambiado mucho. Era su casa. O, más bien, el lugar en el que había estado su casa cuando era un pobre niño con un padre alcohólico. Una pequeña granja a las afueras de Columbia…

A pesar de que para Elliot aquel lugar había sido un infierno, aquel día lucía el sol. Salió a un claro para encontrarse en un familiar sendero de tierra que terminaba en una cabaña junto a la que se erguía un enorme roble de al menos cien años. De niño, Elliot había jugado en innumerables ocasiones junto a aquel árbol, deseando que pudiera quedarse allí para siempre porque aquel pequeño remanso de paz era mucho más seguro que su casa.

Se había escondido con Lucy Ann Joyner allí, en la granja de su tía. A los dos les gustaba el santuario que les ofrecía aquel lugar, aunque solo fuera durante unas pocas horas. ¿Por qué le habían llevado sus amigos hasta allí?

El sonido que produjeron unas ramas le atrajo la mirada. De entre ellas apareció una mujer. Elliot se detuvo en seco. De repente, el significado de todo aquello quedó claro. Sus amigos estaban provocando un encuentro once meses después, dado que Lucy Ann y él eran demasiado testarudos como para dar el primer paso.

Tragó saliva al pensar que podría ser que ella hubiera requerido su presencia, que se hubiera arrepentido de su decisión de apartarlo de su vida.

Elliot no estaba tan seguro de que se pudiera olvidar el pasado tan fácilmente. Se sentía muy nervioso ante la perspectiva de volver a hablar con ella.

La miró a placer, con avidez, como la tierra reseca absorbe el agua. Miró la delicada espalda, el cabello castaño que le caía por los hombros… Once meses sin ella. Su amiga de toda la vida había salido huyendo después de una increíble noche que había terminado con su amistad para siempre.

En un solo día, la única persona en la que había confiado por encima de todos los demás había cortado todo vínculo con él. Elliot jamás había permitido que nadie se le acercara tanto, ni siquiera sus amigos. Lucy y él tenían una historia en común, un vínculo compartido que iba más allá de la amistad.

O, al menos, eso había pensado él.

Como atraído por un imán, se acercó al columpio. Aún llevaba puestas las esposas, pero avanzó en silencio, sin dejar de observarla. Las delicadas líneas de su cuello evocaban deliciosos recuerdos. El modo en el que el vestido le dejaba delicadamente al descubierto un hombro le recordaba a los años en los que ella se vestía gracias a la ropa usada que le daban sus vecinos.

De repente, una ráfaga de viento hizo que el columpio se girara, de modo que ella quedó frente a frente con Elliot.

Él se detuvo en seco.

Sí, era Lucy Ann, pero no estaba sola. Ella lo miraba con los ojos abiertos de par en par. Parecía completamente atónita. Resultaba evidente que, igual que Elliot, desconocía lo que los amigos de él habían planeado. Antes de que él hubiera terminado de procesar la desilusión que sentía por el hecho de que ella no hubiera colaborado en todo aquello, su mirada se detuvo en lo que más le sorprendió.

Lucy Ann tenía entre los brazos un bebé muy pequeño, y le estaba dando el pecho.

Lucy Ann apretó a su hijo contra el pecho y contempló anonadada a Elliot Starc, el amigo de su infancia, su antiguo jefe y amante de una sola noche. El padre de su hijo.

Se había imaginado mil veces el momento en el que le diría lo de su hijo, pero jamás se lo había imaginado de aquel modo, con Elliot presentándose de improviso y esposado. Era evidente que él no había ido allí voluntariamente.

Una parte de ella ansiaba correr hacia él para confiar en la amistad que una vez habían compartido. Sin embargo, otra parte de ella, la parte que se había percatado de la presencia de dos de los amigos de Elliot y de las esposas que él llevaba puestas, le decía todo lo que necesitaba saber: Elliot no había visto la luz de repente y había ido a disculparse con ella por ser un canalla de primera categoría. Lo habían llevado allí contra su voluntad.

Que se fastidiara. Ella también tenía su orgullo.

El bebé que tenía en los brazos le impedía salir corriendo hacia la cabaña de su tía. Se apartó al niño del pecho y se cubrió, se colocó al pequeño en un hombro y comenzó a darle suaves golpecitos en la espada sin dejar de mirar a Elliot, tratando de averiguar qué era lo que él estaba pensando.

El modo en el que él la miraba le decía claramente que ya no podía demorar las explicaciones. Debería haberle hablado de Eli antes. Al principio, no había encontrado el valor para hacerlo. Luego, se había puesto furiosa por el hecho de que él se comprometiera con la maravillosa Gianna. Este hecho la ayudó a mantener las distancias. No quería ser la causa de que él rompiera su compromiso. Decidió que se lo diría cuando estuviera casado y Elliot no se sintiera obligado a ofrecerle nada. A pesar de todo, el hecho de que él fuera a casarse con la atractiva y perfecta heredera le daba náuseas.

Elliot estaba frente a ella, alto y fuerte. El cabello rubio muy corto, los hombros rellenaban perfectamente la camisa negra y los vaqueros le quedaban un poco por debajo de las caderas. Tenía barba incipiente y los ojos verdes que, con la mirada entornada, le daban el aire de chico malo que llevaba toda su vida representando.

Ella se puso de pie y apartó la mirada de Elliot para observar a sus amigos. Los dos disfrutaban aún de las mieles del matrimonio y parecían pensar que todo el mundo quería hacer lo mismo. Sin duda, esa era la razón de que hubieran llevado a Elliot hasta allí.

—Caballeros, ¿creen que podrían quitarle las esposas y luego marcharse para que él y yo podamos hablar civilizadamente?

Conrad, que era dueño de un casino, se sacó una llave del bolsillo y se la enseñó.

—Puedo hacerlo —dijo. Entonces, miró a Elliot—. Confío en que no vayas a hacer nada tan estúpido como montar una pelea por esta bromita.

Elliot sonrió secamente.

—Por supuesto que no. Estoy en minoría. De todos modos, tengo los brazos demasiado dormidos como para poder hacer nada.

Malcolm le quitó las llaves a Conrad y le abrió las esposas. Elliot se las quitó y se masajeó las muñecas. Luego, estiró los brazos por encima de la cabeza.

—Malcolm, Conrad. Sé que vuestras intenciones

eran buenas al hacer esto, pero tal vez sea hora de que los dos os marchéis. Elliot y yo tenemos muchas cosas de las que hablar –dijo Lucy Ann.

Eli eructó por fin y Lucy lo volvió a colocar tumbado entre sus brazos. Era consciente del peso de la mirada de Elliot.

Malcolm le dio una palmada en la espalda a Elliot.

–Ya nos darás las gracias más tarde.

Conrad miró a Lucy Ann.

–Llámanos si necesitas algo. Y lo digo en serio.

Sin más, los dos hombres se marcharon tan rápido como habían llegado. Ella estrechó a Eli tiernamente entre sus brazos. Elliot se metió las manos en los bolsillos.

–¿Cuánto tiempo llevas con tu tía?

–Desde que me marché de Montecarlo…

–¿Y cómo te mantienes?

–Eso no es asunto tuyo –le espetó ella.

Elliot habría podido averiguar todo lo que hubiera querido gracias a sus vínculos con la Interpol. Pero ni siquiera se había molestado y eso era lo que más le dolía. A lo largo de todos aquellos meses, había pensado que él se molestaría en buscarla, que se habría dado cuenta de que estaba embarazada y habría atado cabos.

No había sido así.

–¿Que no es asunto mío? –replicó él dando un paso al frente–. ¿De verdad? Yo creo que los dos conocemos muy bien la razón por la que sí es asunto mío.

–Tengo mucho dinero ahorrado de los años que pasé trabajando para ti. Además, trabajo por mi cuenta para completar mis ingresos. Creo y mantengo sitios web, con lo que saco lo suficiente para salir adelante. Mira –dijo ella, ya con la paciencia agotada–, has tenido meses para hacerme todas estas preguntas y has preferido permanecer en silencio. Si hay alguien que tiene derecho a estar enfadado, esa soy yo.

–Tú tampoco me llamaste y creo que tienes una razón mucho más importante para haberte comunicado conmigo –repuso él señalando a Eli con la cabeza–. Es mío.

–Pareces muy seguro.

–Te conozco. Veo la verdad en tus ojos.

Lucy Ann no podía decir nada al respecto. Tragó saliva para aclararse la garganta y recuperar el valor.

–Se llama Eli y sí, es tu hijo. Tiene dos meses.

Elliot se sacó las manos de los bolsillos.

–Quiero tenerlo en brazos.

A Lucy se le hizo un nudo en el estómago. Le entregó a Eli y observó el rostro de Elliot. Por una vez, no era capaz de interpretar sus gestos, lo que resultaba muy extraño, teniendo en cuenta la gran sincronía que había habido entre ambos.

En aquellos momentos, era como un desconocido para ella.

Entonces, cuando Elliot la miró por fin, ella vio que la máscara se le caía del rostro y dejaba al descubierto unos ojos desgarrados por el dolor.

–¿Por qué me lo ocultaste?

–Estabas prometido con otra mujer. No quería interferir.

–¿Es que no tenías intención de decírmelo? –le preguntó él con incredulidad.

–Por supuesto que pensaba decírtelo, pero cuando ya estuvieras casado. No quería ser la responsable de que rompieras con el amor de tu vida –respondió ella con cinismo.

–Mi compromiso con Gianna terminó hace meses. ¿Por qué no te pusiste en contacto conmigo entonces?

En eso tenía razón. Aunque no le gustara admitirlo, había echado mucho de menos a Elliot. Habían formado parte el uno de la vida del otro durante tanto tiempo…

–La mitad de las veces no era capaz de encontrarte y la otra mitad, tu nueva secretaria personal no tenía ni idea de dónde estabas.

–No creo que te hayas esforzado mucho, Lucy Ann. Lo único que tenías que hacer era hablar con alguno de mis amigos. ¿O acaso lo has hecho? ¿Es esa la razón de que me hayan traído aquí hoy? ¿Porque tú hablaste con ellos?

Ella lo había considerado en varias ocasiones, pero se había echado atrás en el último minuto.

–Ojalá pudiera decirte que sí, pero me temo que no. Uno de ellos debe de haber estado investigándome a pesar de que tú nunca viste la necesidad de hacerlo.

Elliot levantó la ceja al escuchar aquel comentario.

–Eli es lo que importa en todo este asunto, no nosotros.

–Ya no hay nosotros –le espetó ella–. Tú lo terminaste cuando te marchaste asustado después de una noche de sexo.

–Yo no huyo…

–Perdóname si tu todopoderoso ego se siente herido…

Elliot suspiró y miró a su alrededor. Escuchó el motor de la limusina y comprobó que el ruido indicaba que el coche se alejaba de allí… sin él. Se volvió de nuevo para mirar a Lucy Ann.

–Con esto no conseguimos nada. Tenemos que hablar razonablemente sobre el futuro de nuestro hijo.

–Estoy de acuerdo –dijo ella. Entonces, se acercó a Elliot y le quitó al bebé de los brazos–, pero hablaremos mañana, cuando los dos estemos más tranquilos.

–¿Y cómo sé que no vas a desaparecer con mi hijo?

Su hijo. En la voz de Elliot, se había reflejado un fuerte sentimiento de posesión. Lucy Ann lo estrechó con más fuerza contra su cuerpo para tranquilizarse. Conseguiría controlar sus sentimientos hacia Elliot. No permitiría que nada ni nadie interfiriera en el futuro de su hijo.

–Llevo aquí todo este tiempo, Elliot. Tú no has querido encontrarme. Ni siquiera ahora. Han tenido que traerte tus amigos.

Elliot caminó alrededor de Lucy Ann y agarró la

cuerda que sujetaba el columpio hasta que se volvió a detener frente a ella. La piel de Lucy Ann pareció cobrar vida al recordar sus caricias y al notar el agradable aroma de su loción de afeitado.

Se aclaró la garganta.

–Elliot, creo sinceramente que deberías…

–Lucy Ann –le interrumpió él–, por si no te has dado cuenta, mis amigos me han dejado aquí. Solo. No tengo coche –añadió. Se acercó un poco más a ella–. Por lo tanto, tanto si hablamos como si no, tendrás que aguantarte con mi presencia.

Capítulo Dos

Elliot permaneció inmóvil, un hecho que demostraba su autocontrol a pesar de la frustración que le corría por las venas. El hecho de que Lucy le hubiera ocultado su embarazo y el nacimiento de Eli… De algún modo, a lo largo del año que había transcurrido desde la última vez que vio a Lucy Ann, no se había podido deshacer de la esperanza de que todo volviera al modo en el que habían sido las cosas entre ellos antes. La amistad que compartían lo había ayudado a lo largo de los peores momentos de su vida.

Por desgracia, había comprendido que ya no había vuelta atrás. Lo que había existido entre ambos había cambiado irrevocablemente.

Tenían un hijo en común.

—Bueno, Lucy Ann. ¿Y ahora qué?

Las pupilas de los hermosos ojos color ámbar de Lucy Ann se dilataron, delatándola un segundo antes de que se levantara del columpio. Entonces, lo miró por encima del hombro y se dirigió hacia el sendero que conducía a la casa.

—Vayamos dentro.

—¿Dónde está tu tía? —le preguntó él mientras la seguía.

–Trabajando. Sigue de camarera en el Pizza Shack –replicó ella mientras subía los escalones del porche.

–Tú solías enviarle dinero.

–Pues cuando entres, verás que mi tía no lo utilizó.

Lucy Ann abrió la puerta y Elliot pudo comprobar que, efectivamente, la decoración no había cambiado. El mismo sofá, los mismos muebles…

–Tu tía es muy orgullosa. Igual que tú.

–Yo acepté el trabajo que tú me ofreciste –dijo ella mientras colocaba al niño en una cuna portátil que tenía junto al sofá.

–Tú trabajaste mucho para sacarte el título de informática…

Lucy Ann se incorporó de la cuna y se volvió para mirarlo.

–¿Vamos a seguir aquí hablando del pasado o vas a llamar un taxi? Yo también podría llevarte en coche a la ciudad.

–No voy a ir a ninguna parte.

–Pensaba que habíamos acordado que hablaríamos mañana –dijo ella frunciendo el ceño.

–Eso lo has decidido tú. Yo no he accedido a nada –afirmó Elliot. Se sentó en el brazo del sofá.

–Tú me dejaste creer… Maldita sea… Solo querías entrar en la casa.

–Este es realmente el mejor lugar para hablar del futuro. En cualquier otro sitio, yo tendría que estar pendiente de los fans. Estamos en una zona en la que el NASCAR es muy popular, ya lo sabes. No es

Fórmula 1, pero sí primos hermanos. Además, los idiotas de mis amigos me dejaron aquí sin mi cartera.

–Estás de broma, ¿no?

–Ojalá…

–¿Por qué te han hecho esto? Bueno, a ti y a mí. –quiso saber ella.

–Probablemente porque saben lo testarudos que somos… ¿Me habrías dicho alguna vez lo del bebé? –le preguntó él, tratando de leer la verdad en las delicadas líneas de su rostro.

–Ya me lo has preguntado y ya te he respondido. Por supuesto que te lo habría dicho… con el tiempo.

–¿Y cómo puedo estar seguro de eso?

–No puedes –contestó ella encogiéndose de hombros–. Simplemente tendrás que confiar en mí.

Elliot esbozó una media sonrisa.

–Lo de la confianza nunca ha sido fácil para ninguno de nosotros –dijo él. Tras ver la verdad, la decisión de Elliot era muy sencilla–. Quiero que Eli y tú vengáis conmigo, aunque solo sea unas semanas, mientras hacemos planes para el futuro.

–No –replicó Lucy Ann cruzándose de brazos.

–Venga ya, Lucy Ann. Piensa en lo que te he dicho antes de tomar una decisión.

–Está bien. Estoy pensando –repuso ella–. La respuesta sigue siendo no.

–Jamás voy a poder recuperar los dos primeros meses de vida de Eli –insistió él–. Necesito una oportunidad de compensarlo.

–No puedes estar hablando en serio de llevarte a un niño tan pequeño por ahí…

–Hablo muy en serio –afirmó Elliot. No pensaba marcharse de allí sin ellos.

–Déjame que te lo diga otra vez, Elliot. Estás en medio de la temporada de carreras. Vas a tener que viajar, trabajar, competir. Lo he visto muchas veces, tantas como para saber que ese no es el ambiente adecuado para un bebé.

–Tú viste mi vida cuando no había un bebé por medio. Sin embargo, puede ser diferente. Yo puedo ser diferente, como otros pilotos que se llevan a sus familias al circuito –añadió antes de levantarse para sentarse al lado de ella–. Yo tengo una excelente razón para hacer cambios en mi vida. Esta es la oportunidad de demostrártelo.

Lucy Ann lo observó atentamente unos minutos, hasta el punto de que Elliot pensó que se había salido con la suya. Entonces, la mirada de ella volvió a endurecerse.

–Esperar que alguien cambie solo conduce a la desilusión.

–Entonces podrás decirme que ya me lo habías advertido, igual que me lo decías en el pasado –dijo él mientras colocaba una mano suavemente sobre la de ella–. Lo mejor que puede ocurrir es que yo tenga razón y que eso salga bien. Encontraremos la manera de ser buenos padres para Eli aunque estemos recorriendo el mundo entero. ¿Te acuerdas de lo mucho que solíamos divertirnos juntos? Te echo de menos, Lucy Ann…

Elliot le acarició suavemente la muñeca con el pulgar y le midió el pulso, la suavidad de su piel. Había hecho todo lo que había podido para olvidarse de ella, pero sin conseguirlo. Se había portado injustamente con Gianna y le había hecho pensar que él era un hombre libre. Tantos motivos de arrepentimiento. Estaba ya cansado de ellos…

–Lucy Ann…

Ella apartó la mano.

–Basta ya, Elliot. Te he visto seducir a muchas mujeres a lo largo de los años. Tus juegos no funcionan conmigo, así que ni siquiera lo intentes.

–Me haces daño con tus palabras –replicó él. Se colocó una mano en el corazón, tratando que el melodrama cubriera su desilusión.

–Lo dudo. No me engañas con esa mirada de dolor. Llega con once meses de retraso para ser auténtica.

–Podrías estar equivocándote en eso…

–Nada de juegos –concluyó ella mientras se ponía de pie–. Los dos necesitamos tiempo para pensar. Es mejor que continuemos esta conversación más tarde.

–Está bien.

Elliot se reclinó sobre el sofá y subió los pies.

–¿Qué es lo que estás haciendo?

Elliot tomó el mando de la mesita de café y volvió a reclinarse en el incómodo sofá.

–Me estoy poniendo cómodo.

–¿Para qué?

Elliot encendió la televisión.

–Si voy a tener que esperar hasta que a ti te apetezca hablar, será mejor que me ponga a ver un poco la tele. ¿Tienes cerveza en el frigorífico?

–Ni hablar –replicó Lucy Ann. Le quitó el mando de las manos–. Basta ya. No sé a qué estás jugando, pero puedes dejarlo y largarte de aquí. Por si no te ha quedado lo suficiente claro, te lo diré de otro modo. Vete de aquí y ven en otro momento. Te puedes llevar mi coche.

Elliot recuperó el mando a distancia y comenzó a cambiar los canales como si nada.

–Gracias por tu generosa oferta, pero acabas de decir que un bebé no puede estar en la carretera todo el día y yo acabo de conocer a mi hijo. No pienso dejarlo ahora. ¿Qué hay de esa cerveza?

–Ni lo sueñes.

–No hace falta que esté fría.

–¡Basta! Deja de comportarte de ese modo tan ridículo. Sabes perfectamente que no te vas a quedar aquí.

Elliot dejó el mando y se volvió a mirarla con una radiante sonrisa.

–Entonces, eso significa que te vendrás conmigo. Genial.

–Estás loco, pero ya lo sabes, ¿verdad?

–Es cierto, eso no es novedad, cielo. Demasiados golpes en la cabeza. No te preocupes de la maleta.

–¿Cómo dices?

–Que no te molestes en hacer la maleta. Te compraré todo lo que necesites. Todo nuevo. Limítate a llevarte un par de pañales para el niño y vayámonos.

Cada vez resultaba más importante para él que ella aceptara. Necesitaba a Lucy Ann a su lado. Tenía que encontrar el modo de que sus vidas volvieran a unirse para que su hijo tuviera un padre, una madre y una vida normal.

–¡Basta ya! ¡Deja de tratar de controlar mi vida! –exclamó ella–. Elliot, te agradezco todo lo que hiciste por mí en el pasado, pero ya no necesito que me rescates.

–Yo no te estaba ofreciendo un rescate, sino una alianza.

Si las razones que había utilizado hasta entonces no le habían funcionado, había llegado el momento de recurrir a otras tácticas. Elliot se acercó un poco más a ella.

–Si no recuerdo mal, la última vez que estuvimos juntos, se nos dio bastante bien compartir… Si me paro a pensarlo, creo que en realidad no necesitamos la ropa esa de la que hablábamos antes.

Se negaba a permitir que él volviera a seducirla. El modo en el que su cuerpo la traicionaba la enojaba profundamente.

Era un hombre muy guapo, de sensualidad hipnótica y arrebatador encanto. Las mujeres de todo el mundo se rendían sin remedio a su atractivo. Sin embargo, a pesar de su único e inolvidable momento de debilidad, se negaba a ser una de ellas, por mucho que su cuerpo la traicionara cada vez que él se acercaba a ella.

Se levantó inmediatamente del sofá y comenzó a pasear de arriba abajo por el salón. Maldito fuera Elliot y la atracción que había sentido desde el día en el que los dos fueron a bañarse desnudos a la edad de catorce años y ella se dio cuenta de que ya no eran unos niños.

Apartó aquellos pensamientos y se volvió para mirarlo.

–No es ni el momento ni el lugar para insinuaciones sexuales…

–Cielo –respondió él extendiendo los brazos sobre el respaldo del sofá–, nunca es mal momento para la sensualidad ni para la seducción.

–Si tu objetivo es persuadirme para que me marche contigo, te aseguro que así no lo vas a conseguir.

–No puedes negar que nos acostamos juntos…

–Evidentemente –dijo ella mientras señalaba con la cabeza el lugar en el que el bebé dormía plácidamente.

–Tampoco se puede negar que estuvo bien… Muy bien.

Lucy Ann tragó saliva y se sentó en la mecedora.

–Fue algo impulsivo. Los dos estábamos algo bebidos. Me niego a arrepentirme de lo que ocurrió aquella noche o a decir que nuestro encuentro fue un error dado que tengo a Eli. Sin embargo, no tengo intención alguna de repetir la experiencia.

–Vaya, pues eso sí que es una pena…

–Nos llevamos muy bien tan solo como amigos durante trece años.

–¿Estás diciendo que podemos volver a ser amigos? ¿Nada de esconderse ni de ocultarse cosas el uno al otro?

–Creo que estás tergiversando mis palabras…

–Es la pura verdad, Lucy Ann –suspiró él–. Estoy tratando de que haya una tregua entre nosotros para que podamos decidir cómo planear el futuro de nuestro hijo.

–¿Diciéndome que me quite la ropa?

–Está bien. Tienes razón. Eso no ha sido justo por mi parte. No estoy pensando tan claramente como me gustaría. Descubrir la existencia de Eli ha sido un impacto para mí…

–Eso lo puedo entender perfectamente y siento mucho el dolor que te haya podido causar.

–Dado que me he perdido los dos primeros meses de la vida de mi hijo, lo menos que puedes hacer es darme cuatro semanas juntos. Podrás trabajar desde donde estemos. Sin embargo, si no te quieres venir al circuito conmigo y eso rompe nuestro acuerdo, renunciaré ahora mismo a la temporada.

Ella se sorprendió mucho ante el hecho de que Elliot fuera a arriesgar todo por lo que se había esforzado tanto, la profesión que tan profundamente amaba.

–¿Y tus patrocinadores? ¿Tu reputación?

–Depende de ti…

–No es justo que lances un ultimátum así y que hagas que todo dependa de mí.

–Te lo estoy preguntando y te estoy dando opciones.

¿Opciones? No lo creía. Lucy Ann sabía lo importante que era para Elliot su profesión. No podía permitir que lo echara todo a perder.

–Bien. Eli y yo viajaremos contigo por el circuito de carreras las próximas cuatro semanas para que puedas hacer planes. Tú ganas. Como siempre.

Aquella noche no le parecía que haberse salido con la suya fuera una victoria. Elliot se sirvió una copa del minibar de su hotel. Lucy Ann y él habían acordado que él se alojaría en un hotel cercano mientras ella lo preparaba todo para marcharse al día siguiente por la mañana. Había llamado a un taxi para que fuera a recogerlo.

Se había pasado la media hora que tardó en llegar el taxi mirando a su hijo mientras dormía. Lucy Ann estaba en el dormitorio haciendo la maleta.

La cabeza aún le daba vueltas por todo lo ocurrido aquel día. Se tomó de un trago el bourbon y se sirvió otro para poder saborearlo más lentamente. Entonces, fue a sentarse en el balcón.

Se sentó en una silla y observó la luna. Estar en Carolina le evocaba una mezcla de buenos y malos recuerdos. Siempre le había ido mejor estar lejos de allí. Se sacó el teléfono del bolsillo y llamó a Malcolm Douglas.

–¿Cómo vas, hermano?

–¿Cómo crees que voy, Douglas? Me duele la cabeza y estoy muy cabreado. Habría sido más fácil que me dijerais lo del bebé.

26

Malcolm se rio suavemente.

–Pero así no habría sido tan divertido.

–¿Divertido? ¿A ti todo esto te parece una especie de juego? Eres un canalla. ¿Cuánto tiempo hace que lo sabíais?

–Una semana más o menos –respondió el afamado músico sin remordimiento alguno.

–Una semana… –repitió. Siete días que podría haber estado con su hijo. ¿Cómo podían sus amigos haberle ocultado un secreto tan importante? La ira se apoderó de él–. Y no habéis sido capaces de decirme nada.

–Sé que todo parece maquiavélico, pero lo hablamos y nos pareció que esta era la mejor manera. Si se te avisa, disimulas muy bien. Solo habríamos conseguido que la enojaras…

–¿Y crees que no lo he hecho ya?

–Te enfrentaste a ella con sinceridad. Si te hubiéramos dado tiempo para pensar, te habrías escudado en el orgullo. Te habrías mostrado enojado y testarudo. Puedes ser bastante obstinado, ya lo sabes…

–Si soy tan mala persona, ¿por qué seguimos siendo amigos?

–Porque yo también soy mala persona –replicó Malcolm–. Tú habrías hecho lo mismo por mí. Sé lo que se siente por no ver a un hijo, haberse perdido un tiempo que ya no se puede recuperar…

La voz de Malcolm estaba teñida de emoción. Su esposa y él habían sido novios desde el instituto y tuvieron que dar a una niña en adopción porque eran demasiado jóvenes para proporcionarle una vida adecuada. Años después tuvieron gemelos: un niño y una niña a los que adoraban, pero aún se lamentaban por aquel primer hijo, aun sabiendo que habían tomado la decisión correcta.

La diferencia era que Malcolm y Celia habían sabido lo de su hija desde el principio.

–No puedo entender por qué me ha ocultado su existencia durante tanto tiempo…

–Y yo no me puedo creer que los dos os acostarais juntos –replicó Malcolm.

–Estás muy cerca de sobrepasar los límites de nuestra amistad con ese tipo de comentarios.

–Ahh… así que sientes más por ella de lo que quieres hacer creer.

–Éramos… amigos. Amigos de toda la vida. Eso no es ningún secreto. Tampoco puedo negar el hecho de que hubo algo más.

–Pues no creo que la impresionaras mucho con ese algo más porque salió corriendo…

–Ahora sí que te has pasado de la raya. Si estuvieras aquí ahora mismo, te aseguro que te habría dado un puñetazo.

–Me parece justo –replicó Malcolm riéndose suavemente. Como te he dicho, sientes algo más por ella, algo más que amistad. Y no puedes negarlo. Admítelo, Elliot. Te lo acabo de demostrar.

No se podía negar que le había ganado la partida. Si quería solucionar aquel lío y crear un futuro con Eli y Lucy Ann, tenía que pensar más y sentir menos.

Capítulo Tres

Lucy Ann se protegió los ojos del sol del amanecer. Por tercera vez en veinticuatro horas, una limusina se acercaba por el polvoriento sendero. La primera vez había ocurrido el día anterior cuando llegó Elliot; luego cuando se marchó; y la última, en aquellos momentos, cuando regresaba de nuevo.

La vida sencilla y aislada que había llevado trabajando desde allí estaba a punto de terminar. La tía Carla tenía a Eli en brazos. Carla era una mujer que jamás parecía envejecer, una mujer dura y buena que había apoyado a Lucy Ann toda su vida. Era una pena que Carla no hubiera sido su madre. Solo Dios sabía lo mucho que había deseado en muchas ocasiones que así hubiera sido.

Carla sonrió al pequeño Eli.

—Os voy a echar mucho de menos a los dos. Ha sido maravilloso volver a tener un bebé en esta casa.

—Eres muy amable, porque a mí me parece que te la hemos invadido…

—Cielo, ya sabes lo mucho que hubiera deseado poder hacer más por ti ahora y cuando eras joven…

—Siempre has estado a mi lado —respondió Lucy Ann, sin apartar los ojos de la limusina—. De eso soy muy consciente.

–No siempre he estado a tu lado, y las dos lo sabemos –respondió Carla. Tenía los ojos ensombrecidos por los recuerdos que a ninguna de las dos les gustaba evocar.

–Hiciste todo lo que pudiste. Eso lo sé muy bien.

Dado que la madre de Lucy Ann tenía la tutela legal y los servicios sociales no creían ninguna de las denuncias por abandono, y mucho menos las de abuso por parte de sus padrastros, no había nada que Lucy Ann pudiera hacer más que escaparse con Carla y más tarde con Elliot.

Su madre y su último padrastro fallecieron en un accidente náutico, por lo que no servía de nada mirar al pasado. Su madre ya no tenía poder alguno sobre ella.

–Ciertamente, Carla, es mejor no pensar en el pasado.

–Me alegra saber que piensas así. Espero que eso lo hayas aprendido de mí. Si puedes perdonarme a mí, ¿por qué no puedes perdonar a Elliot?

Buena pregunta. Lucy Ann suspiró.

–Si pudiera responder a eso, supongo que el corazón no se me estaría rompiendo en dos en estos momentos.

Su tía la estrechó contra su cuerpo con el brazo que tenía libre.

–Si pudiera, te arreglaría esto en un instante.

–Ven con nosotros –le dijo Lucy Ann–. Te lo he pedido antes y sé todas las razones que tienes para decirme que no. Adoras tu casa, tu vida y tu bingo semanal, pero, ¿crees que esta vez podrías cambiar de opinión? ¿Quieres venir con nosotros? Somos una familia.

–Ay, mi querida sobrina. Esta es tu vida, tu segunda oportunidad. Tu aventura. Ten cuidado y sé inteligente. Recuerda que eres una mujer maravillosa. Él sería un hombre muy afortunado si lograra recuperarte.

–Esa no es la razón por la que me voy con él –dijo mientras tomaba a Eli de los brazos de su tía–. Este viaje es solo para planear un futuro para mi hijo, para encontrar el modo de unir la vida de Elliot con mi nueva vida.

–Tú solías ser una parte fundamental de su mundo.

–No era más que su secretaria –replicó ella. Un modo de que él pudiera darle dinero y tranquilizar así su conciencia. Al menos, ella había vivido frugalmente y había aprovechado el tiempo para sacarse un título y ser autosuficiente.

La limusina se detuvo por fin delante de la casa.

–Eras su mejor amiga y confidente… Y, al menos en una ocasión, aparentemente algo más.

–No estoy segura de qué es lo que estás tratando de decir, pero si vas a decir algo, hazlo rápido. Se nos está acabando el tiempo –susurró Lucy Ann al ver que se abría la puerta de la limusina.

–Los dos os llevasteis muy bien durante mucho tiempo y, evidentemente, hay una atracción. ¿Por qué no puede haber más?

Carla inclinó la cabeza y miró a Elliot, que se estaba bajando en aquellos momentos del vehículo.

El sol hacía destacar su rubio cabello. Iba ataviado con unos vaqueros y un polo blanco que se le ceñía a los fuertes hombros, unos hombros en los que ella se había apoyado durante años sin dudarlo. Lucy Ann apartó los ojos de él y miró de nuevo a su tía.

–¿Más? ¿Hablas en serio?

–¿Y por qué no iba a hablar en serio?

–Ha estado un año sin buscarme. Me dejó escapar –dijo, muy dolida, mientras él hablaba con el chófer–. Ahora, solo está aquí porque sus amigos lo arrojaron a mi puerta.

–¿Te estás conteniendo por orgullo? –murmuró su tía–. ¿Estás renunciando a él y a un posible futuro juntos por orgullo?

–Escúchame. Él renunció a mí. Y ahora que lo pienso, ni siquiera estoy segura de por qué accedí a marcharme con él.

–Para –le ordenó Carla mientras agarraba a su sobrina de los hombros–. Olvídate de lo que te he dicho. Por supuesto que tienes toda la razón del mundo para estar disgustada. Vete con él y encuentra el modo de mejorar el futuro de tu hijo. Si decides volver, ya sabes dónde encontrarme.

–¿Sí? Supongo que querrás decir cuándo.

Carla señaló a la limusina y a Elliot, que ya se dirigía hacia ellas.

–¿De verdad crees que Elliot va a querer que su hijo crezca aquí?

–No lo había pensado…

El pánico se apoderó de Lucy al darse cuenta de

que ya no tenía el control exclusivo sobre la vida de su hijo. Por supuesto que él tendría planes muy diferentes para la vida de su hijo. Él se había pasado toda la vida pensando cómo salir de allí, ideando maneras de construirse una fortuna, y lo había conseguido.

Eli formaba ya parte de esa vida. Por mucho que quisiera negarlo, su vida ya no volvería a ser tan sencilla.

Elliot se acomodó en el asiento trasero de la limusina mientras Lucy Ann ajustaba las correas del asiento infantil de Eli. Llevaba el pelo recogido en una coleta y la luz interior del coche hacía resaltar los reflejos color miel de su claro cabello castaño.

Elliot tuvo que contenerse para no acariciárselo, para ver si seguía siendo tan suave como recordaba. Necesitaba tomarse su tiempo. Lucy Ann y el bebé estaban con él. Aquella era una gran victoria, sobre todo después del año que habían pasado separados.

Lo que debía hacer a partir de aquel momento era encontrar el modo de que ella permaneciera a su lado. Volver a tener lo que durante tantos años habían compartido… Desgraciadamente, sabía que las cosas no podrían volver a ser exactamente iguales. Se habían acostado juntos. Tendría que andarse con cuidado. No se imaginaba que a ella le agradara la idea de amigos con derecho a roce. Tendría que ir paso a paso para conseguir que ella cambiara de opinión. Lucy Ann tendría que recordar toda la historia que habían compartido y los motivos por los que se habían llevado tan bien.

Lucy Ann cubrió las piernas de Eli con una mantita antes de sentarse al lado de él. Elliot golpeó la ventana del conductor y el vehículo arrancó en dirección al aeropuerto.

—Lucy Ann, no tenías por qué preparar nada de equipaje. Te dije que yo me encargaría de comprar todo lo que él necesitara –añadió, mirando la raída mantita con la le había tapado.

Su hijo no montaría nunca una bicicleta de segunda mano como la que él había tenido que desenterrar del jardín. Un fuerte sentimiento de posesión se apoderó de él. Le compraría a su hijo lo mejor de lo mejor. Desde el mejor asiento, la mejor cuna, las mejores ropas, hasta juguetes… Todo. Les pediría consejo a las mujeres de sus amigos. No tendrían ningún problema, dado que sus compañeros y sus esposas se estaban reproduciendo como conejos… Y él también.

Lucy Ann apoyó una mano en la deslucida manta.

—Eli no sabe si algo es caro o barato. Solo sabe si algo le resulta familiar. En estos momentos, ya tiene suficientes cambios en su vida.

—¿Me estás lanzando una indirecta?

—No se trata de ninguna indirecta. Es un hecho.

—Tú eres su constante.

—Por supuesto que sí –replicó ella con una ferocidad que le encendió un fuego a él.

—Te aseguro que no estoy tratando de arrebatártelo. Solo quiero formar parte de su vida.

–Por supuesto –replicó ella con cautela–. Sé que resulta difícil confiar en estos momentos, pero espero que me creas si te digo que quiero que lo visites con regularidad.

Lucy Ann ya estaba tratando de poner límites antes de pensar en las posibilidades. Sin embargo, Elliot sabía que era mejor no pelearse con ella. La delicadeza siempre funcionaba mejor que la confrontación.

–Compartimos mucha historia y ahora, además, compartimos un hijo. Un año separados no va a conseguir borrarlo.

–Lo comprendo.

–¿De verdad? –le preguntó acercándose un poco a ella.

Lucy Ann se tensó. Se mantuvo inmóvil a pesar de que tan solo había unos pocos centímetros que los separaran.

–¿Te acuerdas de cuando íbamos a la guardería?

–¿Te refieres a algún día en especial?

–Tú estabas tumbado boca abajo en un monopatín e ibas a toda velocidad por una cuesta.

Elliot no tardó en recordar el día al que ella se refería.

–Me caí y me rompí el brazo.

–Sí. Todas las chicas querían firmarte la escayola. Incluso entonces eras un imán para las niñas.

–Solo querían utilizar sus rotuladores nuevos…

Lucy Ann giró la cabeza para mirarlo a los ojos.

–Yo sabía que tú ya tenías el brazo roto… Te habrías avergonzado mucho si te lo hubiera dicho y, además, me habrías mentido. Por aquel entonces, no hablábamos tan abiertamente sobre la vida en nuestras casas. Acabábamos de hacernos amigos y tan solo compartíamos los bocadillos en el recreo.

–Acabábamos de hacernos amigos y, sin embargo, tú ya sabías lo del brazo –admitió él. Miró las manitas de su hijo y se preguntó cómo un padre era capaz de pegar a un ser tan inocente. La frente se le llenó de sudor con solo pensarlo.

–Se lo dije a mi madre después del colegio –dijo Lucy Ann mirándole la muñeca–. Ella no se mostraba tan distante conmigo en aquellos días.

–No sabía que se lo habías dicho a nadie.

–Su palabra no tenía mucho peso, o tal vez no se esforzó lo suficiente –comentó ella–. Fuera como fuera, no ocurrió nada. Por lo tanto, yo fui al director.

–Vaya… supongo que eso explica por qué me sacaron de clase un día para preguntarme por el brazo.

–Pero no le dijiste la verdad al director, ¿no es cierto? Yo no hacía más que esperar que ocurriera algo. Mi imaginación de niña de cinco años andaba completamente desbocada.

–Yo seguía demasiado asustado por lo que le ocurriría a mi madre si yo hablaba. O lo que él le haría a ella.

–De niños hablábamos de muchas cosas –comentó ella–, pero siempre evitábamos cualquier cosa que tuviera que ver con nuestra vida en casa. Nuestra amistad era para mí un lugar seguro.

Elliot había sentido exactamente lo mismo, pero esa reunión con el director le había hecho más valiente, aunque había elegido a la persona menos adecuada para hablar. Alguien leal a su padre, lo que solo le reportó otra paliza.

–Tú también tenías tus secretos. Siempre notaba cuando me estabas ocultando algo.

–Entonces, aparentemente, no nos ocultábamos nada… Y fue así hasta hace un año.

En aquel instante, la limusina tomó un bache, lo que provocó que se rozaran las piernas y que Elliot colocara el brazo sobre el respaldo del asiento de ella. Lucy se tensó durante un instante y contuvo el aliento. Él la miró y mantuvo el brazo donde estaba hasta que ella se relajó.

–Damos pena tú y yo. Tormentosos pasados, sin nada en lo que basarnos para construir un futuro.

–Es verdad. Tenemos que descubrir el modo en el que enmendarnos para ser buenos padres. Por el bien de Eli.

–Creo que no será difícil mejorar lo que hicieron nuestros padres…

–Eli se merece mucho más que una pequeña mejora.

El cabello de Lucy Ann le rozaba suavemente la muñeca. Sin embargo, ya había mucho más que eso: nuevos recuerdos, la noche que ambos compartieron…

El pulso le retumbaba en los oídos. El cuerpo comenzaba a despertársele… La deseaba. En aquellos momentos, no veía razón alguna por la que no pudieran tenerlo todo. Compartían un pasado similar y compartían un niño. Solo tenía que convencer a Lucy Ann.

–En eso estoy de acuerdo contigo. Por eso es importante que utilicemos sabiamente estas semanas que vamos a pasar juntos. Debemos decidir cómo ser los padres que él se merece, cómo ser un equipo, los socios que él necesita.

–Estoy aquí, contigo en este coche, y me he comprometido a pasar contigo las próximas cuatro semanas. ¿Qué más quieres de mí?

–Quiero que volvamos a ser amigos, Lucy Ann –respondió él con sinceridad–. Amigos. No solo padres que comparten por turnos a un niño. Quiero que las cosas vuelvan a ser como eran antes entre nosotros.

–¿Tal y como eran antes? –repitió ella–. ¿Es eso posible?

–Bueno, no exactamente como eran antes –admitió él.

Elliot se acercó un poco más a ella y le acarició suavemente la coleta. Quería seguir por la espalda hasta llegar a la cintura. El cuerpo le ardía por dentro y necesitaba estrecharla entre sus brazos.

–Seremos amigos y mucho más. Podemos regresar a la noche que pasamos juntos y retomar nuestra relación desde entonces. Que el cielo me ayude, pero, si somos sinceros, sí, tengo que reconocer que deseo volver a tenerte en mi cama.

Capítulo Cuatro

La caricia de Elliot en el cabello le produjo un hormigueo que le llegó hasta las puntas de los dedos de los pies. Quería creer que el profundo deseo que experimentaba era simplemente resultado de casi un año sin sexo, pero sabía que su cuerpo deseaba a aquel hombre en particular. Ansiaba sentir el placer de sus caricias sobre la piel desnuda.

Sin embargo, en ese caso no podría pensar bien y, en aquellos momentos, más que nunca, necesitaba mantener la cabeza fría por el bien de su hijo. Lo amaba más que a su propia vida y tenía que arreglar muchas cosas con Elliot para asegurarle a Eli un futuro en paz.

Le agarró por la muñeca y la apartó.

—No puedes hablar en serio.

—Claro que sí. Completamente —replicó él mientras le volvía a enredar los dedos en la coleta.

—Suéltame ahora mismo —le dijo ella, a pesar de que le habría gustado agarrarle de la camisa y tirar de él para darle un beso—. El sexo simplemente lo complicaría todo.

—O lo simplificaría —susurró él. Le soltó el cabello y comenzó a acariciarle sugerentemente el brazo.

Lucy Ann se mordió el labio y cerró los ojos con fuerza. Se sentía demasiado hipnotizada por el brillo del deseo que ardía en los ojos verdes de Elliot.

–¿Lucy Ann? –susurró él–. ¿En qué estás pensando?

Sin poder evitarlo, acercó la cabeza hacia él.

–Mi tía me dijo lo mismo sobre los beneficios de los amigos que se hacen algo más.

Elliot se rio suavemente.

–Tu tía siempre ha sido una mujer muy inteligente, aunque te aseguro que yo no le dije nada de que tú y yo nos hiciéramos amantes.

Lucy Ann abrió los ojos lentamente y cuadró los hombros.

–Tienes que dejar de decir esas cosas o voy a hacer que el chófer pare el coche ahora mismo. Si es necesario, regresaré a mi casa andando con mi hijo. Para que esto funcione, tú y yo tenemos que poner límites.

Elliot le miró los labios durante un instante que pareció prolongarse una eternidad. Entonces, volvió a acomodarse en su asiento.

–Tendremos que aceptar no estar de acuerdo en algunas ocasiones.

Lucy Ann suspiró, pero lo hizo de un modo más tembloroso de lo que le habría gustado.

–Puedes dejar de hacerte el inocente… A lo largo de los años he visto tus trucos con las mujeres. Tu encanto no va a funcionar conmigo y no habría funcionado si yo no me hubiera dejado llevar por el sentimentalismo y el alcohol.

Elliot frunció el ceño.

—Lucy Ann, siento mucho haberme aprovechado de nuestra amistad…

—Ya te dije aquella noche que no quería disculpas. Aquella noche, en aquella cama, había dos personas, y yo me niego a considerar que fuera un error. Sin embargo, no voy a consentir que vuelta a ocurrir. ¿Lo recuerdas? Lo decidimos entonces.

Más bien, él lo había decidido y ella había fingido que lo refrendaba para no mostrar su debilidad en lo que se refería a Elliot.

—Me acuerdo de muchas cosas de esa noche… —susurró él con melancolía.

Lucy Ann se sentía muy débil. Quería leer más en cada una de las palabras y de los actos de Elliot. Tenía que terminar con aquella intimidad y aquel romanticismo inmediatamente.

—Ya basta de hablar del pasado. Estamos aquí por nuestro futuro. Por el futuro de Eli —afirmó—. ¿Adónde vamos a ir primero? Tengo que admitir que este año no he estado pendiente de las fechas de las carreras.

—Ya hablaremos de las carreras más tarde —dijo él mientras la limusina llegaba al aeropuerto—. Primero, tenemos una boda a la que asistir.

Lucy Ann odiaba las bodas, aunque fueran de un amigo. El compañero de instituto de Elliot, el doctor Rowan Boothe, se casaba nada más y nada menos que con una princesa africana. Esmóquines, trajes de noche y atuendos tribales proporcionaban una magnífica mezcla de belleza que reflejaba los gustos modernos de la pareja al tiempo que honraban las costumbres más tradicionales.

Sentada en la recepción, que se celebraba a la luz de la luna sobre el césped de palacio, y acompañada de su bebé, que dormía plácidamente en su silla de paseo, Lucy Ann se tomaba un zumo de frutas. Tenía una permanente sonrisa en el rostro, como si el hecho de que Eli y ella acompañaran a Elliot fuera lo más normal del mundo. No iba a permitir que su mal humor arruinara el día a los felices novios.

Elliot había encargado varios vestidos para que Lucy Ann pudiera elegir. A ella no le había quedado más remedio que acceder, dado que su único vestido formal era uno básico en color negro que resultaba demasiado sombrío para una boda. Siempre se había decantado por la sencillez en el vestir y en una boda tan colorista, su vestido color lavanda no resultaba demasiado llamativo. Sin embargo, se sentía un poco incómoda porque no tenía tirantes y llevaba un corpiño de pedrería muy ajustado. Como daba el pecho a su pequeño, su escote había adquirido formas más rotundas, algo que no le había pasado desapercibido a Elliot, que no hacía más que dedicarle tórridas miradas.

Sin embargo, se sentía demasiado triste como para pensar en ello, en especial porque él estaba muy guapo con un esmoquin y su radiante sonrisa. Era como si los últimos once meses no hubieran existido, como si no hubieran compartido la misma cama. Llevaban siendo amigos tanto tiempo que apartarlo de sus pensamientos resultaba algo complicado.

Tan solo deseaba que la boda terminara y que se sintiera menos vulnerable y así poder recuperar el control.

Las bodas eran acontecimientos felices para unos, pero no para ella. En las bodas, no podía dejar de recordar a su madre dirigiéndose al altar en cuatro ocasiones. Cada hombre era peor que el anterior, hasta que por fin los servicios sociales tomaron cartas en el asunto y dijeron que el padrastro número cuatro, que era drogadicto, tenía que irse si la madre de Lucy Ann quería mantener la custodia de su hija.

Mamá eligió a su marido. Lucy Ann pudo ir por fin a vivir con su tía. Ya no habría más manoseos ni más peticiones incómodas de que se sentara en el regazo de papá. Su tía la quería mucho y le importaba lo que le ocurriera, pero Carla tenía a otras personas de las que cuidar: la abuela y un tío soltero de cierta edad.

Nadie puso a Lucy en primer lugar ni la quiso por encima de los demás. Nadie hasta que llegó su bebé. Ella haría cualquier cosa por Eli. Lo que fuera. Incluso tragarse su orgullo y permitir que Elliot volviera a formar parte de su vida.

—¿Lucy Ann? —dijo una voz femenina muy familiar de repente a su lado. Se trataba de Hillary Donavan.

Hillary estaba casada con otro de los amigos de Elliot, Troy Donavan, al que se conocía más comúnmente como el Robin Hood de la informática. En su adolescencia, había creado muchos problemas. En aquellos momentos, se había convertido en multimillonario gracias a su negocio de software y se había casado con Hillary. Ella se dedicaba a organizar eventos y estaba más elegante que nunca con un vestido de seda verde de estilo griego.

La belleza pelirroja se sentó junto a la silla de Eli.

–¿Te importa si me escondo aquí contigo y con el bebé un rato? Ya he terminado con mi parte en la organización de esta boda, gracias a Dios.

–Has hecho un trabajo estupendo mezclando las tradiciones locales con un aire más moderno. Sin duda, aparecerá en las portadas de las revistas.

–No me dieron mucho tiempo para preparar nada, dado que anunciaron su compromiso justo antes de Navidad, pero estoy contenta con los resultados. Espero que ellos lo estén también.

–Estoy segura de ello, aunque solo se pueden ver el uno al otro –comentó Lucy Ann.

–Y pensar que fueron rivales profesionales durante tanto tiempo… y ahora las chispas que saltan entre ellos son tan tangibles que creo que no me habría hecho falta organizar los fuegos artificiales como fin de fiesta.

Lucy Ann sonrió.

–El romance está por todas partes…

–Espero que no se esté haciendo demasiado tarde para ti y el pequeño. Debes de estar agotada.

–Él está dormido. Estaremos bien…

Si se marchaba, Elliot se vería obligado a marcharse con ella. En aquellos momentos, tenía los sentimientos demasiado a flor de piel como para estar a solas con él. Seguramente Hillary comprendía lo difícil que era todo aquello para ella, dado que los amigos de Elliot habían acordado lo del secuestro. Lucy Ann los miró a los cinco. El vínculo que los unía era muy fuerte.

Estaban de pie, ataviados con esmóquines muy similares. Todos eran muy ricos y muy guapos. Por suerte para la población femenina, cuatro de ellos ya estaban casados y enamorados de sus esposas.

La Hermandad Alpha raramente se reunía en un mismo lugar, pero cuando lo hacían, era algo digno de verse. Todos ellos habían tenido problemas con la justicia en su adolescencia. Troy Donavan, genio de la informática, había violado el sistema informático del Ministerio de Defensa y había dejado al descubierto un caso de corrupción. El magnate de los casinos Conrad Hughes había utilizado trucos para manipular el mercado de valores. Se había redimido al dejar al descubierto empresas que utilizaban mano de obra infantil en otros países. Malcolm Douglas, músico de jazz y rock conocido en el mundo entero, había sido acusado de delitos relacionados con las drogas en su adolescencia. El novio, Rowan Boothe, tenía una historia algo más tormentosa. Había sido acusado de conducir borracho y había tenido un accidente del que él aceptó la culpa para que su hermano, que ya era mayor de edad, no fuera a la cárcel. Su hermano murió un año más tarde al estrellar su coche contra un árbol cuando conducía bebido. Rowan había decidido utilizar su dinero para crear clínicas en países del tercer mundo.

Todos tenían cosas de las que arrepentirse en el pasado, que habían compensado con creces en el presente. Trabajaban para la Interpol y hacían donaciones a organizaciones benéficas. Todos habían sentado la cabeza y estaban casados. Estaban empezando sus propias familias. ¿Tenía eso que ver con el hecho de que Elliot se esforzara tanto por hacer lo mismo? ¿Necesitaba volver a encajar en la hermandad cuando la mayoría parecía pasar a la siguiente fase de sus vidas?

Lucy Ann miró de nuevo a Hillary.

–¿Sabes lo que hicieron ayer Malcolm y Conrad?

–No lo sabía con exactitud hasta que Troy me lo contó. No puedo decir que apruebe su táctica, pero ya no se podía hacer nada. Y tú pareces estar bien –le dijo, aunque la miraba con preocupación–. ¿Estás fingiendo?

–¿Qué te parece a ti?

–Lo siento… –susurró ella tomándole la mano a Lucy Ann–. Tenía que haberme dado cuenta de que estabas disimulando. Tú y yo nos parecemos mucho. ¿Quieres hablar? ¿Necesitas un hombro sobre el que llorar? Pues aquí me tienes.

–Ya no hay nada que se pueda hacer. Depende de Elliot y de mí decidir qué pasos vamos a dar. Si se lo hubiera dicho antes…

–Amiga, las dos sabemos muy bien lo difícil que puede ser ponerse en contacto con ellos cuando los llaman para una de sus misiones. Desaparecen. No se puede saber dónde están –dijo ella con una triste sonrisa–. Hace falta algo tan importante como un bebé para conseguir que rompan el código de silencio.

–¿Cómo eres capaz de vivir con eso como parte de una relación estable?

–Amo a Troy. Al hombre que es. El hombre que siempre ha sido –dijo Hillary–. Crecemos. Maduramos, pero nuestras naturalezas básicas son siempre las mismas. Y amo el hombre que es.

–¿Te parece mal querer una vida más común? No quiero sonar desagradecida, pero me refiero a algo normal, aburrido. Bueno, yo nunca he tenido algo así, y eso es precisamente lo que ansío para mí y para mi hijo. Sin embargo, me parece inalcanzable.

–Es muy duro… Estos hombres son muchas cosas, pero normal o aburrido no aparecen en el listado de adjetivos que los definen.

¿Dónde le dejaba eso a ella? ¿Buscando algo que no podía tener? ¿Acaso era una hipócrita por no haber aceptado a Elliot del modo en el que él la había aceptado a ella toda su vida? Huía de él. Por mucho que jurara que era él quien la apartaba de su vida, sabía que ella corría tan rápido y tan fuerte como él.

–Gracias por el consejo, Hillary.

–No estoy segura de haberte sido de mucha ayuda, pero si necesitas hablar más, estoy a tu disposición. Te aseguro que no traicionaré nuestras confidencias.

–Te lo agradezco.

–Las mujeres debemos apoyarnos, hacer nuestro propio pacto de hermandad –dijo, antes de inclinarse sobre la silla de paseo–. El pequeño Eli es adorable. Me alegro de que estés aquí.

–Gracias, Hillary –susurró mientras volvía a mirar a Elliot junto a sus amigos.

Agarró la silla de su hijo con gesto protector y sintió que se le hacía un nudo en la garganta al ver lo guapo que era el padre de su hijo. Tenía que mantener la cabeza fría y proteger su corazón.

Elliot esperaba que la boda de Rowan y Mariama ayudara a mejorar el estado de ánimo de Lucy Ann. La había visto charlando con las esposas de sus amigos y había tratado de valorar su reacción. Sin embargo, no parecía sonreír.

Se dirigió a ella. Estaba sentada junto a la sillita de su bebé. A pesar de que él había contratado a una niñera, ella le había dicho que no podía dejar a su hijo con una completa desconocida. Se detuvo a su lado. Le gustaba el modo en el que la luz de la luna le acariciaba los hombros desnudos. Llevaba el cabello suelto y el viento de la noche se lo alborotaba suavemente. No tardó en notar su perfume de jazmín, lo que le provocó que su cuerpo cobrara vida al pensar en lo que podrían disfrutar juntos, tal y como lo habían hecho once meses atrás.

Elliot colocó la mano en la silla de Eli, junto a la de Lucy Ann, y observó su reacción.

–¿Quieres marcharte ya o te gustaría dar un paseo?

–Creo que me gustaría dar un paseo –respondió ella con gesto nervioso.

No estaba lista para estar a solas con él. Lo deseaba aunque no estuviera lista para hacer algo al respecto.

–Por aquí –dijo él señalando hacia la playa, donde se había colocado una tarima de madera que permitía pasear–. Yo empujaré la silla.

Minutos más tarde, los dos habían dejado atrás la fiesta y caminaban tras el carrito del pequeño Eli.

–Se te da muy bien manejar la silla. Me sorprende. A mí me costó más de lo que había esperado.

–Te aseguro que estoy decidido a hacerlo bien, Lucy Ann. No lo dudes ni por un segundo.

–Tú solías decir que no querías tener hijos.

–Y tú tampoco…

–No quería correr el riesgo de poner a ningún niño en el camino de mi madre –susurró mientras se frotaba la clavícula–. Ahora soy una mujer adulta y mi madre ha muerto. Sin embargo, estamos hablando de ti y de no tener hijos.

–Entonces no quería tenerlos. Te aseguro que no huyo de mis responsabilidades.

–Lo hiciste antes… –dijo ella. Entonces, se detuvo en seco y lanzó una maldición–. Olvídate de que he dicho eso.

Elliot se detuvo en seco.

–Puedes decirlo, Lucy Ann. Te dejé cuando me marché de Columbia. Cuando empecé a hacer tonterías y me arriesgué a ir a la cárcel porque cualquier cosa me parecía mejor que estar con mi padre. Durante un instante, me olvidé de lo que eso significaría para ti y lo he lamentado todos los días de mi vida.

–Entiendo que te sientas culpable y creas que debes compensarme, pero tienes que dejar de pensar de ese modo. Yo soy responsable de mi propia vida –susurró ella mientras le colocaba la mano suavemente en la mejilla–. Además, si te hubieras quedado, no habrías llegado hasta donde estás ahora, con esta maravillosa profesión que también me dio a mí la oportunidad de salir adelante. Por lo tanto, supongo que al final todo salió bien.

–Sin embargo, tú terminaste regresando a casa cuando me dejaste, cuando yo, como un estúpido, te aparté de mi lado…

Lucy Ann apartó la mano.

–Regresé con una profesión y la capacidad de mantenerme a mí y a mi hijo. Eso es algo que yo aprecio mucho. No quiero ser una obligación para ti.

–Tú quieres una vida propia aparte de ser mi asistente personal. Eso lo comprendo, pero creo que deberíamos hablarlo, como lo hacíamos en los viejos tiempos.

–Te estás mostrando tan… tan razonable.

–Lo dices como si fuera algo sucio. ¿Por qué es algo malo?

Si ella quería pasión y sentimiento, Elliot estaba

más que dispuesto a todo para conseguir seducirla. Simplemente tenía que estar seguro antes de dar un paso más.

Un paso en falso podría estropearlo todo.

–No trates de manipularlo con razones lógicas sobre por qué debería quedarme. Quiero que seas sincero con lo que estás pensando. Sobre lo que quieres para tu futuro.

–En lo que se refiere al futuro, no sé lo que quiero, Lucy Ann, más allá de asegurarme que Eli y tú estáis a salvo y que no os falta de nada. Voy a esforzarme todo lo que pueda para ser un buen padre…

–¿Habrían sido las cosas diferentes si yo hubiera acudido a ti cuando me enteré de que estaba embarazada?

–Te habría pedido inmediatamente que te casaras conmigo.

–Y yo te habría dicho que no.

Elliot se acercó un poco más a ella.

–Y yo habría insistido para tratar de conseguir que cambiaras de opinión.

–¿Y cómo crees que lo habrías conseguido?

–Habría tratado de enamorarte con flores, dulces y joyas. Luego, me habría dado cuenta de que tú eres una mujer muy poco convencional y habría cambiado de táctica.

–¿Y qué habrías hecho? –susurró ella.

–Demonios, Lucy Ann. Si quieres sinceridad, aquí la tienes… –murmuró. Le agarró la nuca con la mano. Resultaba tan agradable volver a tocarla, sentirla tan cerca–. Solo quiero volver a besarte.

Capítulo Cinco

Lucy Ann se agarró a los hombros de Elliot y se dejó llevar por el instinto a pesar de que su cerebro le gritaba que aquello era muy mala idea. Su cuerpo se fundió con el de él. Un suspiro se le escapó de los labios. Sus manos eran suaves y cálidas y le acariciaban delicadamente el cuello y el cabello. Se le doblaron las rodillas y Elliot tuvo que rodearle la cintura con una mano para asegurarla contra su cuerpo.

¿Cómo era posible que Elliot hiciera caer sus defensas con solo un beso?

La lengua de Elliot comenzó a acariciarle los labios, y ella los abrió sin dudarlo. Los dos se acariciaron y se saborearon. La presencia del bebé evitaba que perdieran del todo la cabeza. Sin embargo, que Dios la perdonara, ardía en deseos por dejarse llevar por aquellas maravillosas sensaciones. El hormigueo que sentía en los pechos se le había extendido por todo el cuerpo hasta reunírsele en la entrepierna con una intensidad que reconocía perfectamente después de la noche que pasaron juntos.

Aquello tenía que terminar. Inmediatamente. Los errores que cometiera en aquella ocasión no solo le harían daño a ella, también a su hijo.

Con pena, terminó el beso. El gruñido de frustración que él lanzó resonó entre ambos, pero Elliot no hizo nada para detenerla. Lucy Ann apoyó la cabeza sobre el hombro de él y aspiró el aroma del mar. Entonces, Elliot le cubrió la cabeza con una mano y ella escuchó lo entrecortada que tenía la respiración. Supo que él se había visto afectado del mismo modo que ella por aquel beso. Una realidad que la confundía, igual que le había ocurrido un año atrás.

Necesitaba espacio para poder pensar. Tal vez la boda y ver tantas parejas felices le había afectado más de lo que había pensado. Por ello, le colocó las manos sobre el torso y se apartó de él, rezando para que las piernas la sostuvieran cuando él dejara de sujetarla.

—Elliot, esto no formaba parte del trato cuando nos marchamos de Carolina del Sur.

—¿Me estás acusando de planear una seducción?

—Planear es una palabra muy dura, pero creo que eres capaz de hacer lo que sea necesario para salirte con la tuya. Así eres tú. ¿Puedes negarlo?

—No voy a negar que quiero acostarme contigo y, por el modo en el que tú me has besado, me da la impresión de que a ti te pasa lo mismo.

Lucy Ann sintió que se le aceleraban los latidos del corazón al imaginarse en la cama con él. Si tuviera más sentido común, desearía que él estableciera ese vínculo con su hijo.

—De eso se trata, Elliot. No importa lo que nosotros deseemos. El mes que vamos a pasar juntos debe ser para construir un futuro para Eli. Si seguimos jugando con fuego corremos el riesgo de crear un futuro inestable para nuestro hijo. Necesitamos recuperar nuestra amistad. Nada más.

–No estoy de acuerdo...

–Si me presionas en esto, tendré que marcharme y regresar a Carolina del Sur. ¿Me has oído, Elliot? Necesito estar segura de que, durante estas cuatro semanas, buscamos lo mismo.

Elliot la miró durante unos instantes antes de encogerse de hombros.

–Respetaré tus deseos y no volveré a tocarte, a menos que cambies de opinión.

–Te aseguro que no lo haré.

–¡Vaya, vaya! Fin de la conversación. No estoy tratando de convertir esto en una competición que tú te empeñes en ganar, así que es mejor que demos por terminada esta charla. Podemos seguir mañana, a la luz del día.

–Me parece buena idea...

Por mucho que Lucy Ann deseaba recuperar lo que habían compartido aquella noche, sabía que no era posible. Once meses atrás habían cruzado una línea que debería haberles estado vedada. La razón había sido la celebración de la victoria de Elliot y el hecho de que ella hubiera terminado sus exámenes finales. Había permitido que se le relajaran las defensas y había reconocido lo que llevaba ocultando mucho tiempo. Se sentía tan atraída por Elliot Starc como cualquiera de sus admiradoras.

¿Y si no era muy diferente a su madre?

Ese pensamiento la obligó a agarrarse a la silla de su hijo para no tambalearse.

–Voy a regresar a la habitación. Es hora de acostar a Eli y yo tengo que trabajar un poco antes de irme a la cama. Para dormir.

–Comprendido. Te acompañaré.

–Preferiría ir sola. Esta zona es muy segura.

–Como desees. Ya hablaremos mañana cuando vayamos de camino a España.

–Está bien.

Con eso, Lucy Ann agarró la silla de su hijo y la dirigió hacia el palacio, donde se iban a alojar en una de sus innumerables suites. El cuerpo aún le vibraba por el beso, pero su cabeza estaba llena de preguntas y reservas.

Elliot y ella eran amigos desde hacía mucho años. Él había sido el mejor amigo de Lucy Ann… hasta que dejó de serlo. ¿De dónde venía la alocada atracción que existía entre ellos?

Recordó la noche que habían pasado juntos once meses atrás. Había sido espontánea y maravillosa. Se preguntó si podría haber algo más entre ellos. Lo de ser amigos con derecho a roce no sonaba nada mal. Podían ir poco a poco, día a día, hasta que resolvieran el enigma que marcaba su relación y la química sexual que había entre ellos.

Sin embargo, la reacción que Elliot tuvo al día siguiente le dejó muy claro que no podía haber futuro para ellos. Su euforia se evaporó con las primeras luces de la mañana.

Ella se había despertado antes que él y había ido

a la cocina para preparar café. La puerta principal de su suite estaba abierta y dio por sentado que era la doncella. Sin embargo, la mujer que entró no llevaba uniforme. Gianna llevaba un abrigo y nada más. Ojalá hubiera sido una admiradora enloquecida. Sin embargo, Lucy Ann dedujo rápidamente que Gianna era la nueva mujer en la vida de Elliot. Él ni siquiera lo había negado.

Elliot salió del dormitorio y Gianna se quedó tan pálida como la blanca toalla que él llevaba alrededor de la cintura. Elliot mantuvo la calma. Se disculpó ante Gianna por la incómoda situación, pero ella rompió a llorar y salió corriendo. Elliot le dijo a Lucy Ann que no había nada entre su novia y él, y menos después de lo que había ocurrido la noche anterior con Lucy Ann. Ella le dijo que debería habérselo comunicado a Gianna en primer lugar. Él le dio la razón y se disculpó.

Eso no le había bastado. El hecho de que él pudiera estar viendo a una mujer, aunque fuera ocasionalmente y acostare con otra… De ninguna manera. Eso era algo que Lucy Ann no podía perdonar, después de todos los hombres que habían engañado a su madre sin tener en cuenta votos o promesas. Y su madre perdonándolos…

Si Elliot se comportaba de ese modo, ¿cómo podía confiar en él? ¿Y si otra mujer le robaba el corazón y él decidía decírselo mucho más tarde? Le parecía algo deshonroso y así se lo dijo a él.

En un instante, con aquella única palabra, la amistad de toda una vida se desmoronó.

Lucy Ann se puso su ropa y se marchó. El compromiso de Elliot con Gianna un mes más tarde hizo que ella se mantuviera alejada. No habían vuelto a hablar hasta el día en el que él se presentó en el jardín de Carla.

Después de unos besos, ella se había dado cuenta de que se moría de ganas por volverse a meter en la cama con él. Empujó la sillita hasta su suite, deseando que el pulso se le calmara, que le resultara más fácil el deseo de estar con Elliot.

A cada paso que daba se repetía una y otra vez el juramento de que no repetiría los errores de su madre.

Elliot observó cómo Lucy Ann se alejaba. No apartó los ojos de ella hasta que vio que habían llegado sanos y salvos al palacio, a pesar de que ya tenía guardaespaldas vigilando a su familia las veinticuatro horas del día.

Lucy Ann tenía razones más que suficientes para no confiar en él. Por lo tanto, tenía que volver a ganarse su confianza. Le debía eso y mucho más.

Se dirigió al lugar donde se estaba celebrando la recepción de la boda. Al llegar, Troy Donavan le entregó una cerveza.

–¿No va bien la reconciliación?

–¿Qué te hace pensar eso?

–He visto que se dirigía sola a su habitación. ¿Sigues enfadado? Lo siento, tío. De verdad. Pensaba que Malcolm y tú ya lo habíais hablado todo.

–Sí, sí, sí… Mis compañeros querían que yo tuviera una reacción espontánea. Sí, eso ya me lo ha dicho, pero también sé que Lucy Ann se puso en contacto con la hermandad hace una semana. Una semana que he perdido con mi hijo. Una semana que ella estaba sola ocupándose de él. ¿A ti te parecería bien todo eso?

–Tienes razón. Tienes todos los motivos del mundo para estar enfadado con nosotros, pero no te olvides de que tú también tienes algo de culpa. Ella era tu amiga de toda una vida y la dejaste marchar. Te va a costar mucho convencerla de que has cambiado mágicamente de opinión y que ahora querrías que volviera a tu lado incluso sin el niño.

La verdad le escoció.

–Dime algo que no sepa ya...

–Bien. Te daré un consejo.

–Todo el mundo parece tenerlos a montones –replicó Elliot.

Troy se echó a reír suavemente.

–Tienes razón, pero te lo voy a dar de todos modos. Ahora eres padre. Sé un padre para ese niño y todo lo demás caerá por su propio peso.

–Haces que parezca tan sencillo...

–Piensa en lo diferente que serían nuestras vidas si hubiéramos tenido unos padres distintos. Todo mejoró cuando Salvatore nos dio una indicación de lo que hacer. Haz tú lo mismo con tu hijo.

–Las relaciones no se salvan por un hijo en común –dijo Elliot. Sus padres se habían casado porque estaba embarazada, y terminó por marcharse y abandonarlo.

–Es cierto, pero te aseguro que sí se rompen por pelear por un niño. Sé inteligente en el modo en el que trabajáis juntos en lo que se refiere a Eli, y así podrías suavizar las cosas con Lucy Ann. Si no, al menos tendrás una sólida relación con tu hijo. Eso es lo más importante.

–¿Cuándo te hiciste tan sabio en el mundo de las relaciones personales?

–Hillary es una mujer muy inteligente y yo lo soy lo suficiente como para escucharla. Desde que está embarazada, tengo que escuchar más que nunca sus necesidades.

–¡Enhorabuena a los dos! –exclamó Elliot mientras le daba a Troy una palmada en la espalda–. ¿Quién hubiera predicho todo?

–El coronel Salvatore va a tener que encontrar nuevos reclutas.

–¿Ya no vas a hacer misiones para la Interpol? –preguntó Elliot muy sorprendido. Comprendía que Hillary hubiera dejado el trabajo de campo mientras estuviera embarazada, pero jamás hubiera pensado que Troy se apartara también.

–Hay otros modos de ayudar. Quién sabe lo que podría pasar dentro de unos años. Tal vez incluso adopte el papel de mentor, como Salvatore. Pero ahora echaría demasiado de menos a mi esposa.

Con eso, Troy se alejó de él y regresó a la fiesta. Elliot sabía que su amigo tenía razón. El consejo que le había dado era el mejor. Tenía que centrarse en el bebé. Sin embargo, eso no evitaba que quisiera volver a tener a Lucy en su cama. No obstante, el concepto de dejar que todo cayera tarde o temprano en su sitio era completamente ajeno a su naturaleza. Él jamás había sido un hombre tranquilo como Troy. Él necesitaba el movimiento. Actuar. Ganar.

Y necesitaba que Lucy volviera a ocupar un lugar en su vida.

Lo había estropeado todo once meses atrás por no romper con Gianna antes de permitir que ocurriera algo entre Lucy Ann y él. Aún no comprendía por qué Gianna y él se habían reconciliado después. Elliot no se había comportado bien con ninguna de las dos mujeres.

Al final, terminó rompiendo con Gianna. Lo único que le quedaba era enmendar las cosas con Lucy Ann.

Aquello no tenía por qué ser complicado. Amistad. Sexo. Viajes por todo el mundo y una vida muy excitante juntos. Él tenía una fortuna a su disposición. Podían alojarse en cualquier parte. Eli tendría lo mejor de todo. Elliot contrataría los mejores profesores y el niño aprendería viajando por el mundo en vez de leerlo en los libros. Seguramente, Lucy Ann lo consideraría algo positivo. ¿Cómo iba a decirle no a un futuro mucho más seguro que el que les había esperado a ellos?

Sería más cauteloso, más sensato, más inteligente. La recuperaría. Ya habían sido socios antes y volverían a serlo.

***

Lucy se asomó por la ventana del jet privado. Estaban abandonando África.

Había llegado el momento en el que iba a empezar el verdadero viaje. Debían encontrar el modo de ejercer de padres mientras Elliot competía en la Fórmula 1. Un país diferente cada semana. España, Mónaco, Canadá, Inglaterra… Fiestas y decadencia. Se sentía algo culpable, pero no podía negar que había echado de menos los viajes sin preocuparse de los gastos

Se acomodó en el asiento del avión. Su hijo estaba sentado en la silla del coche y dormía.

Elliot, por su parte, estaba hablando con el piloto. Estaba más guapo cada año que pasaba. Su aspecto era el de un seductor. ¿Cuánto duraría la resolución de Elliot de construir una familia para Eli? Tal vez para eso serviría aquel viaje. Para demostrarle que no se podía. Ella no evitaría que viera a su hijo, pero se negaba a exponer al niño a una vida caótica. Eli necesitaba estabilidad.

¿Y ella? ¿Qué quería ella?

Se colocó la mano en el estómago y sintió las mariposas. No tenían nada que ver con las turbulencias del avión. Solo pensar que había vuelto a besar a Elliot la noche anterior…

Al ver que él se dirigía de nuevo a su asiento, clavó las uñas en el suave cuero de la butaca.

–¿Te apetece algo de comer o de beber? –le preguntó él–. ¿Tal vez algo para leer?

–No, gracias. El almuerzo que tomamos antes de despegar fue maravilloso.

Elliot se sentó a su lado y se inclinó para colocar la mantita que le cubría las piernas a Eli.

–Háblame de su rutina.

–¿Quieres saber cuál es el horario de Eli? ¿Por qué?

–Es mi hijo. Debería saber lo que él necesita.

–Tiene una madre y ahora incluso tiene una niñera –dijo, refiriéndose a la niñera británica que habían contratado para cuidar de Eli y que en aquellos momentos descansaba en uno de los dormitorios.

–Sí, pero también tiene un padre.

–Por supuesto. Si te estás ofreciendo para cambiarle los pañales, te aseguro que eres más que bienvenido.

–¿Cambiar pañales? Bueno, yo estaba pensando más bien en lo de las tomas de biberón y las siestas… Ese tipo de cosas.

–Le doy el pecho.

Elliot le miró el torso. La caricia de su mirada hizo que el cuerpo le vibrara de un modo tan tangible como los motores de los aviones. Por fin, él se aclaró la garganta y dijo:

–Bueno, eso podría ser algo problemático para mí, pero puedo sacarle los gases después. Hay que sacarle los gases, ¿no?

–Sí, claro –respondió ella cruzándose de brazos.

–¿Y toma también biberón? Si lo toma, puedo ayudarte con eso al menos.

–¿De verdad crees que te puedes despertar por las noches y salir a competir al día siguiente?

–Si tú puedes funcionar con una mínima cantidad de horas de sueño, yo también. Tienes que aceptar que ahora estamos juntos en esto.

–Por eso accedí a venir contigo. Por Eli y para honrar nuestra amistad del pasado.

–Bien, bien. Me alegro de que no te hayas olvidado de todos esos años. Esa amistad es algo sobre lo que podemos construir una nueva relación. No voy a negar la atracción, Lucy Ann –dijo mientras colocaba el brazo sobre el respaldo de su asiento–. No puedo. Tú siempre has sido una mujer muy hermosa, pero anoche estabas muy guapa. La maternidad te sienta muy bien.

–¿Halagos? ¿Flores y dulces? ¿Un brazo que como si nada se coloca en el respaldo? Creo que deberías mejorar de táctica.

–¿Me estás diciendo que los halagos son un desperdicio contigo? –susurró mientras le agarraba un mechón de cabello y se lo enredaba entre los dedos–. ¿Y si te estoy diciendo la verdad sobre lo hermosa que eres y lo mucho que deseo tocarte?

Ella hizo un gesto de desaprobación con la mirada.

–He visto cómo te comportabas con muchas mujeres a lo largo de los años, ¿te acuerdas?

–Te aseguro que si hubiera planeado seducirte, habría organizado una cena amenizada con un violín.

–¿Un violín? ¿De verdad?

–Tienes razón. No habría intimidad –replicó él estudiándola con sus ojos color esmeralda–. Tal vez te besaría en la mejilla y te distraería mordisqueándote la oreja mientras te meto en el bolsillo unas entradas para un concierto.

–¿Entradas para un concierto?

–Sí. Volaríamos a otro país para ver un espectáculo. Francia o tal vez Japón.

–Creo que te estás pasando… Es demasiado evidente. Refrénate un poco y haz algo más personal.

–Flores… No, espera. Una sola flor. Algo diferente. Un tallo de jazmín, porque ese aroma me recuerda a ti.

–¿Sabes cuál es mi perfume? –preguntó sorprendida.

–Por supuesto que sí. Hueles a mi tierra en el mejor sentido de la palabra. Y tengo muy buenos recuerdos de mi tierra, todos los cuales te incluyen a ti.

Aquel comentario sí le estaba afectado, pero Lucy Ann estaba decidida a impedir que él se diera cuenta.

–Vas mejorando…

–Solo digo la verdad…

–Eso me gusta mucho de ti. Solíamos contarnos todo lo que nos pasaba. Si podemos prometer que seremos sinceros a partir de ahora, sería maravilloso.

–Nada de secretos.

Un fuerte sentimiento de culpabilidad se adueñó de ella.

–Siento mucho no haberte hablado de Eli. Eso no estuvo bien. ¿Me perdonas?

–Tengo que hacerlo, ¿no te parece?

–No. No tienes por qué hacerlo –susurró ella tragando saliva.

–Si quiero que estemos en paz –dijo él. Extendió la mano y agarró la de Lucy Ann–, entonces sí. Te perdono.

La culpabilidad se adueñó de ella. No tenía ni idea de cómo enmendar aquella situación.

–La paz es algo muy bueno –se limitó a decir.

–La paz no tienes por qué ser algo soso –susurró él mientras le acariciaba la muñeca.

–Yo no he dicho eso…

–Pero tu tono lo ha implicado. Es como si hubieras dicho «aburrido» –musitó él con voz sugerente, seduciéndola con las palabras tanto como con sus caricias–. Una tregua puede dar libertad a todas las cosas que jamás habíamos considerado antes.

–Te recuerdo, Elliot que lo de los besos ya lo hemos considerado antes…

–Qué bien… Estás inyectándole un poco de chispa a la paz. Me alegro. Es emocionante. Tan brillante como tu cabello como esas nuevas mechas que el sol de Carolina le ha añadido.

–En realidad, ha sido mi peluquera.

–Mentirosa.

–¿Y cómo lo sabes?

–Porque me apuesto lo que quieras a que has estado ahorrando cada centavo que ganas. Te conozco bien. Sé que me deseas, pero desconozco lo que piensas hacer al respecto –musitó él mientras le acariciaba el cabello–. No obstante, no te equivoques. Quiero que insistamos en ese sentido. Te he dicho antes que la maternidad te sienta bien y lo digo en serio. Anoche, con ese vestido de fiesta, me volviste loco.

Elliot siguió acariciándole el brazo. Lucy Ann no podía evitar pensar que, si se movía un poco, la mano de Elliot le rozaría el pecho. Solo imaginar esa situación hizo que temblara de necesidad. A pesar de todo, consiguió mantener la voz firme y contenerse para no agarrarle la camisa y tirar de él.

–Estás llevando lo del encanto a un nuevo nivel. Estoy muy impresionada.

–Bien. ¿Pero estás también seducida?

–Estoy tentada, pero te recuerdo, Elliot, que esto no es un cuento de hadas. Nuestro futuro no va a ser así.

Elliot sonrió.

–Puede serlo.

Sin más, se reclinó sobre su asiento y cerró los ojos. ¿Se iba a dormir? El cuerpo de Lucy Ann estaba ardiendo por sus caricias, sus palabras, por su seducción y él simplemente se iba a dormir. Ella quería gritar de frustración.

Lo peor era que deseaba que él reclinara el asiento y que le hiciera el amor tan concienzudamente como lo había hecho once meses atrás.

Capítulo Seis

Cuando anocheció, ya en España, Elliot se preguntó cómo reaccionaría Lucy Ann al ver dónde iban a pasar la noche. Se le habían ocurrido nuevas ideas para aquellas semanas, basadas en lo que Lucy Ann le había dicho en el avión.

Después de los comentarios sobre los cuentos de hadas, le había venido la inspiración. Cuando ella se marchó al dormitorio para darle de mamar a Eli, Elliot realizó algunas llamadas y cambió el alojamiento. Su dinero ciertamente se lo permitía, y esperaba que sus nuevas ideas impresionaran a Lucy Ann. Recuperarla se estaba haciendo más urgente para él a cada minuto que pasaba, no solo por Eli sino porque sin ella, su vida había estado completamente vacía. No se había dado cuenta de cuánto hasta que había vuelto a tenerla a su lado. Su presencia hacía que todo fuera más vibrante, más organizado. Ella le daba una belleza a su mundo que él no quería volver a perder.

El fracaso no era una opción.

El lugar en el que se iban a alojar fue tomando forma en lo alto de la colina. El atardecer del sol en España le proporcionaba un aura de seducción a su nuevo alojamiento.

Lucy Ann se incorporó y observó el lugar que les rodeaba con curiosidad.

–Aquí no es donde nos alojamos habitualmente. Esto es un castillo.

–Exactamente.

Podría proporcionarle un cuento de hadas mientras se aseguraba que Lucy Ann y su hijo estaban protegidos.

–Cambio de planes.

–¿Por qué?

–Necesitamos más espacio y menos interrupciones.

–Pero tus relaciones con los reporteros son muy importantes para ti.

–Puede ser, pero yo no soy de su propiedad y no voy a permitirles que tengan acceso a ti y a nuestro hijo más que cuando nosotros queramos.

–Vaya… Está bien… Pero, ¿por qué has tenido que alquilar un castillo?

–Se trata en realidad de un hotel, aunque efectivamente es más seguro y más amplio. Pensé que en cada lugar al que viajemos podemos explorar una opción diferente para viajar con un niño.

–Efectivamente, es una opción muy interesante –admitió Lucy Ann.

La limusina avanzaba por el acceso al castillo, cuyos muros envejecidos por el tiempo estaban cubiertos de hiedra. Solo faltaban unos minutos antes de que el chófer les abriera la puerta.

Elliot eligió bien sus palabras antes de que entraran.

–¿Te acuerdas cuando, de niños, nos escondíamos en el bosque y colocábamos mantas sobre las ramas? Yo decía que eran fortalezas, pero tú decías que eran castillos. A mí no me importaba mientras pudiera ser un caballero en vez de un apuesto príncipe.

–¿Apuesto príncipe? –repitió ella riendo–. Tú estás en contra de los cuentos de hadas. ¿Qué le ocurrió al niño que solía perderse en sus libros de aventuras? –le preguntó ella mientras le golpeaba el pecho con un dedo.

Elliot le agarró el dedo y se lo sujetó un instante antes de entrelazar las manos con las de ella.

–En los cuentos de hadas hay caballeros y, por supuesto, castillos.

–¿Y a eso se debe todo esto? ¿Me estás dando un cuento de hadas?

–Piensa en cuando vengas aquí en el futuro con Eli –susurró él mirando al niño, que dormía plácidamente–. Nuestro hijo puede fingir que es un caballero o un príncipe, lo que él quiera, pero en un castillo de verdad. ¿No te parece genial?

–Sí, mucho. Pero este lugar está a años luz de los fuertes que hacíamos nosotros con las mantas en el bosque.

–Que tenga una infancia diferente a la nuestra me parece algo muy bueno…

Al ver que a Elliot se le borraba la sonrisa del rostro, ella se acercó un poco más a él y le enmarcó el rostro con las manos.

–Elliot, está bien que nuestro hijo no tenga la

misma infancia que nosotros, pero lo que tu padre te hizo… eso no tuvo nada que ver con el dinero.

La preocupación que Lucy Ann mostraba hacia él, su dolor, lo turbó profundamente. Necesitaba recuperar el control. Había dejado atrás esa parte de su vida y no tenía deseo alguno ni siquiera de pensar en ello.

–Me gusta cuando te pones tan repipi –le dijo él guiñándole un ojo–. Me parece muy sexy…

–Elliot, no es momento de bromas. Tenemos que tomar decisiones muy serias este mes.

–Te juro que hablo completamente en serio –replicó él apretándose las manos entrelazadas de ambos contra el pecho–. Me hace querer…

–Basta ya –le dijo ella. Se soltó inmediatamente–. Estamos hablando de Eli, no de nosotros.

–Por eso estamos en un castillo. Por Eli –insistió él mientras la limusina se detenía frente a la puerta de la imponente fortaleza–. Einstein dijo que la verdadera señal de inteligencia no era el conocimiento, sino la imaginación. Esto es lo que podemos ofrecerle a nuestro hijo con este único estilo de vida: la oportunidad de explorar su imaginación, de ver las cosas sobre las que normalmente solo se puede leer. No tienes que responder. Solo pensar en ello mientras estemos aquí.

Lucy Ann se acurrucó sobre la enorme cama mientras le daba el pecho a su hijo. Le encantaba darle de mamar a su niño y sentir la suave dulzura de su mejilla contra el seno. Con el vuelco radical que había dado su vida, necesitaba algo familiar a lo que aferrarse.

La decoración del castillo era completamente medieval, lo que la transportaba a una fantasía sobre la que no estaba segura de cómo reaccionar. Tapices, camas con dosel, muebles antiguos.

Se fijó en un tapiz que tenía frente a la cama y en el que se veía a un caballero cortejando a una doncella junto al río. Elliot había elegido muy bien. Ella se sentía completamente encantada en aquel lugar.

A través de la puerta entreabierta, vio el salón en el que Elliot estaba trabajando con el ordenador. Ella también se pondría a trabajar cuando terminara de dar de mamar a Eli y lo metiera en la cuna.

Había esperado que Elliot se le insinuara en cuanto entraran en la suite, pero esta tenía tres dormitorios además del salón, uno para ella, otro para él y el tercero para la niñera, que se había retirado en cuanto Lucy Ann le había dicho que el niño pasaría la noche con su madre. A pesar de que la señora Clayworth no decía nada, el gesto de su rostro sugería que no hacía más que preguntarse por la falta de trabajo en aquel empleo.

Todo aquello cumplía con todo lo que Elliot le había prometido, un lujo único que su hijo disfrutaría también algún día. Cualquier familia disfrutaría con aquel alojamiento de ensueño. Resultaba muy tentador.

Igual que Elliot. Ella apartó los ojos del amigo de toda una vida y amante en una única ocasión. Aquel mes iba a ser mucho más difícil de lo que había anticipado.

Desesperada por tener algo que la devolviera a la realidad, agarró el teléfono y llamó a su tía Carla.

Consiguió pasar la noche, aunque las sábanas de la cama eran prueba evidente de que se había pasado las horas dando vueltas. Estaba sentada frente a su ordenador y estaba muy agradecida a Carla por sus palabras de ánimo. Era una pena que no hubiera querido acompañarla en aquel viaje, pero, ¿quién podía culparla? Adoraba su hogar y su vida.

La vida de Lucy Ann, por su parte, resultaba muy fácil. Cualquier madre primeriza la aceptaría sin dudarlo. Resultaba irónico que en su casa se hubiera pasado el día exhausta, con la sensación de que el niño dormía muy poco como para conseguir que ella pudiera hacer lo que necesitaba y que allí se pasara la mayor parte del tiempo esperando que el pequeño se despertara.

Cerró el ordenador tras ponerse al día en su trabajo y se vistió. Aún le chocaba lo diferente que era aquel viaje de los otros que había compartido con Elliot en el pasado.

Seguramente él regresaría pronto. Habría ido al circuito para realizar el trabajo preliminar, dado que la carrera era al día siguiente. Normalmente, su concentración era total. Pensar que pudiera tener un accidente porque ella le hiciera distraerse le provocó un nudo en el estómago. ¿Por qué no lo había considerado antes? Le debería haber hablado antes de Eli por tantas razones...

Conocía muy bien aquel mundo. Ella fue su asistente personal durante más de diez años y estaba a cargo de todos los detalles de su carrera y de su vida. Lo sabía todo sobre él, hasta sus más oscuras preferencias. Estaba acostumbrada a estar ocupada, al mando, y no a estar en un castillo sin hacer nada. Tener una niñera le hacía sentirse incómoda, pero había accedido a darle una oportunidad aquel mes y cumpliría su palabra.

Como si sus pensamientos hubieran conjurado su presencia, Elliot apareció en la puerta que separaba el dormitorio de Lucy Ann del salón. Llevaba unos vaqueros y un jersey de cuello alto que le ceñía al tonificado torso. La boca se le hizo agua al pensar lo que haría si se acercaba a él...

Tragó saliva.

−¿Has venido a almorzar?

−He venido para veros a Eli y a ti −respondió. Entonces, le entregó un jersey−. Por si tienes frío cuando salgamos.

−¿Cuando salgamos? −repitió ella.

Lo aceptó. El cachemir aún estaba caliente de su mano.

−¿Adónde vamos?

−Es otra sorpresa. Vamos a jugar −respondió mientras sacaba al bebé de la cuna−. ¿Verdad que sí, Eli, compañero? Hoy vamos a cuidar muy bien de tu mamá. Si ella decide acompañarme, por supuesto...

Al ver a Eli en las fuertes manos de su padre, sintió que el corazón le latía con más fuerza en el pecho. Se había imaginado momentos como aquel en tantas ocasiones...

Se puso el jersey.

—¿Y cómo voy yo a discutir una oferta tan tentadora? Vamos.

Lucy Ann vio que les estaba esperando una limusina. El chófer le abrió la puerta y ella se deslizó en el interior del lujoso vehículo. Entonces, extendió los brazos para que Elliot le diera a Eli. Antes de colocarlo en la silla, estrechó a su hijo unos instantes.

—¿No deberías estar preparándote para la carrera de mañana?

—Sé lo que tengo que hacer, pero eso no significa que no podamos pasar juntos parte del día de hoy.

—No quiero ser la causa de agotamiento o falta de concentración porque creas que tienes que entretenerme. He sido parte de tu mundo el tiempo suficiente como para no permitirte que corras riesgos.

—Confía en mí. Tengo más razones que nunca para tener cuidado. Eli y tú sois ahora lo principal para mí.

—Al menos dime algo de los planes que tienes para hoy. ¿Adónde vamos?

Elliot abrió un minibar y sacó dos botellas de agua.

—A menos que no quieras ir, vamos al monasterio de San Miguel de los Reyes.

Ella se irguió en el asiento, muy sorprendida. Intrigada. Tomó la botella de agua que él le ofrecía.

–No estoy segura de entender el plan…

–El monasterio ha sido transformado en una biblioteca. Jamás tuvimos oportunidad de visitarlo en los otros viajes. De hecho, si no recuerdo mal, los dos trabajábamos sin parar. Ahora creo que hacer un poco de turismo no nos vendrá nada mal…

–Eso es ciertamente un cambio con respecto al pasado. Siempre has sido un hombre muy centrado –dijo ella con una sonrisa. Se sentía algo desequilibrada por aquel cambio en Elliot–. Gracias. Es una idea muy considerada por tu parte, aunque siento bastante curiosidad. ¿Qué te ha hecho decidirte precisamente por ese lugar cuando hay otros lugares mucho más orientados a los turistas que no hemos visitado?

–Me diste la idea cuando estábamos en el avión. Mencionaste el hecho de que ya no creías en los cuentos de hadas. Por eso elegí este castillo. Los cuentos de hadas son importantes para cualquier niño y, creo que los dos no nos hemos dado cuenta de eso.

–Somos adultos –dijo ella. Con necesidades de adultos.

–Incluso de niños, no nos gustaban los cuentos de hadas. Los dos nos hicimos mayores antes de tiempo –comentó encogiéndose de hombros–. Por lo tanto, es hora de que aprendamos más de los cuentos de hadas para que podamos ser buenos padres. Hablando de eso, ¿está Eli bien sujeto a su silla?

–Por supuesto.

–Bien –dijo él. Entonces, golpeó suavemente la ventana del chófer–. Por si te lo estabas preguntando, he decidido que este plan se llame La Bella y la Bestia.

–Deduzco que yo soy la Bella…

–Sí, una bella del sur y en el pasado me has dicho en varias ocasiones que yo soy una bestia. Además, ya sabes lo mucho que disfruto de los libros y de la historia. Pensé que podrías encontrar oportunidades de fotos interesantes al mismo tiempo.

–¿De verdad te parece bien pasear tranquilamente por una biblioteca?

El Elliot que ella había conocido toda su vida siempre había sido muy activo. Escalando el árbol más alto, corriendo ladera debajo de la colina más empinada, buscando el mayor desafío. Sin embargo, también le gustaba relajarse con un buen libro. En ocasiones se olvidaba de aquella faceta suya.

–No soy un cavernícola, aunque mi papel sea el de la bestia. Claro que leo. Incluso utilizo la servilleta a la hora de comer –bromeó.

–Tienes razón. No debería sorprenderme.

–Dejemos de dar cosas por sentado el uno sobre el otro. Llevamos siendo amigos muchos años, pero incluso los amigos cambian. Incluso un hombre como yo puede madurar. Gracias a Eli y a ti, me ha llegado el turno por fin a mí.

Lucy Ann quería creerle. Creer en él. Quería olvidarse de un pasado en el que las personas a las que quería siempre terminaban por defraudarla.

Pensar que podía anhelar que hubiera algo más entre ellos la asustaba profundamente. Sería mucho mejor que fuera poco a poco, día a día…

—Está bien, Elliot. Estoy dispuesta para pasar nuestro día en el monasterio.

Mientras pronunciaba aquellas palabras, no pudo evitar preguntarse qué era más duro, si resistirse al hombre de cuento de hadas que parecía dispuesto a ignorar el pasado o enfrentarse a la realidad de que su amigo de toda la vida tenía razones más que de sobra para estar furioso con ella.

Fuera como fuera, el pasado terminaría por atraparlos a los dos. Solo podían jugar un tiempo antes de que tuvieran que tratar del tema de su paternidad compartida.

Elliot llevaba una gorra de béisbol con la visera muy baja. Disfrutaba viendo cómo Lucy admiraba los frescos y los antiguos libros y llenaba una tarjeta de memoria con fotos de la biblioteca. Tendría que haberlo hecho antes. El lugar estaba bastante vacío y los pocos visitantes no lo habían reconocido. Los guardaespaldas ocupaban un discreto segundo plano y, en consecuencia, Lucy y él eran tan solo una familia normal disfrutando de sus vacaciones.

¿Por qué nunca antes se le había ocurrido llevarla a lugares como aquel? Se había convencido de que estaba cuidando de ella al ofrecerle un trabajo y una vida siguiéndole por todo el mundo pero, de algún modo, jamás se le había ocurrido darle algo más. Le había defraudado cuando los dos eran solo unos adolescentes y él fue arrestado, porque la dejó sola para enfrentarse con su familia. No le gustó descubrir que también había sido egoísta con ella en su vida adulta.

Tenía muchas cosas que arreglar. Lucy y él estaban unidos de por vida por su hijo. En lo sucesivo, se esforzaría para que Lucy fuera más el centro de toda su atención.

Detuvo la sillita junto a un ángel de mármol.

–Estás muy callada. ¿Necesitas algo?

–No. Es todo maravilloso. Gracias. Estoy disfrutando de la paz, de los frescos y de los libros. Has tenido una idea maravillosa.

Sin embargo, había dejado que aquella cámara se interpusiera entre ellos todo el día. No había hecho otra cosa que sacar fotos. ¿Por trabajo, por placer o para no tener que mirarlo a él?

Cansado del incómodo silencio, Elliot preguntó:

–Si te estás divirtiendo, ¿por qué no sonríes?

Ella bajó la cámara muy lentamente y se volvió para mirarlo.

–No sé lo que quieres decir.

–Lucy Ann, soy yo, Elliot. ¿No podemos fingir que es como hace quince años y ser sinceros el uno con el otro?

Ella se mordió el labio un instante antes de responder.

–Te agradezco lo que estás haciendo, pero no hago más que esperar a que se produzca la explosión.

–Pensaba que eso ya lo habíamos aclarado en la limusina. No voy a estrellarme mañana.

–Ahora no estoy hablando de eso. Estoy hablando de una explosión de ira. Tienes que estar muy enfadado conmigo por no haberte dicho antes lo de Eli. Acepto que estuvo mal que yo no me esforzara un poco más. No hago más que preguntarme cuándo estallará la discusión.

¿De verdad estaba esperando a que él explotara? Él jamás sería como su padre. Utilizaba el mundo de las carreras para canalizar esos sentimientos de agresividad. Hacía todo lo que podía para mantener el control.

Tal vez no estaba tan centrado como afirmaba estar, porque si hubiera sido así, se habría dado cuenta de que Lucy Ann lo malinterpretaría todo. Se había pasado toda su infancia en un ambiente muy inestable…

–Siempre cargaste con la culpa de todas las cosas…

–¿Qué tiene eso que ver con lo de hoy?

Elliot le indicó que se sentara en un banco y a continuación tomó asiento a su lado.

–Cuando éramos niños, tú te culpabas de todo lo que yo hacía, como lo de romper el acuario y dejar suelta a la serpiente….

Lucy Ann sonrió con nostalgia.

–Y cortarle la trenza a Sharilynn. Por cierto, eso no estuvo nada bien.

–Ella se portaba muy mal contigo. Se lo merecía. Sin embargo, no deberías haberle dicho a la profesora que lo habías hecho tú. Terminaste limpiando los borradores una semana entera.

–Me gustaba quedarme más tiempo en el colegio. Mi madre no hizo nada más que reírse, hacerme escribir una disculpa y ponerme más tareas. Tu padre no se habría reído si le hubieran llamado del colegio…

–En eso tienes razón –dijo él. Le agarró las manos a Lucy Ann. Aunque no le gustaba revivir el pasado, si así conseguía tenerla de nuevo en su vida, lo haría. Sería capaz de andar sobre carbón ardiendo solo por ella–. Me protegías tanto como yo trataba de protegerte a ti.

–Sin embargo, tu riesgo era mucho mayor… con tu padre –susurró ella apretándole la mano–. Eras muy caballeroso y eso significaba mucho para una niña tímida en la que nadie se fijaba salvo para reírse de sus ropas o de su madre.

Elliot miró a Lucy Ann. Se había olvidado de aquella parte de su pasado.

–¿A qué alumno de la escuela elemental le preocupan las ropas de una compañera?

–Supongo que tienes razón –musitó ella–. Jamás comprendí por qué decidiste que tú y yo seríamos amigos antes de que empezáramos a cargar con la culpa de las trasgresiones del otro.

–Tú eras muy tranquila. Yo no. Nos complementábamos. Y puede volver a ser así.

–Estás insistiendo demasiado…

–Hace menos de un minuto me dijiste que tenía todo el derecho a estar enfadado contigo.

–Y yo tengo el derecho a disculparme y a marcharme de aquí.

Aquella rápida respuesta la sorprendió. La Lucy Ann del pasado solía ser pasiva en vez de agresiva.

–Sí, lo de evitar se te da muy bien.

–Ahí está –replicó ella–. Regáñame. Haz algo más que sonreír y fingir que todo está bien entre nosotros mientras recorremos el mundo como una pareja de ensueño.

El fuego que emanaba de ella le sorprendió y lo hipnotizó.

–Eres la mujer más complicada que he conocido en toda mi vida.

–Me alegro –le espetó ella. Se puso de pie y se volvió a colgar la cámara del hombro–. Las mujeres siempre han caído a tus pies demasiado fácilmente. Es hora de que acabemos la visita.

Capítulo Siete

Lucy Ann envolvió a su hijo en una esponjosa toalla mientras que la señora Clayworth, la niñera, le preparaba un pañal limpio y un pijama sobre el cambiador. Después de la salida al monasterio, Lucy Ann había decidido cenar con ella para conocerla mejor. Ya se sentía más cómoda en su compañía.

La consideración y el cuidado de Elliot por el futuro de su hijo la emocionaban profundamente. Se había tomado mucho cuidado para elegir a la niñera y, afortunadamente, había acertado de pleno. Lucy Ann se sentía más cómoda en su compañía a cada minuto que pasaba.

–Señora Clayworth, ¿de verdad ha sido usted niñera para la familia real? Tuvo que ser algo muy emocionante.

–Ya ha visto usted mis referencias, pero eso es solo para los padres. A los niños no les importa en absoluto el linaje o los credenciales de una persona. Solo les importa estar secos, alimentados y sentirse queridos y cuidados.

–Tiene usted un don para los bebés –la paciencia de la niñera había sido admirable cuando, justo después de cenar, Eli no había parado de llorar por un cólico.

***

Siempre resultaba agradable tener en las manos el trofeo de ganador, pero aquel día, la victoria parecía no tener valor alguno comparada con lo que deseaba realmente. Poder pasar más tiempo con Lucy Ann. Levantó el trofeo bien alto con una mano mientras sujetaba el casco con la otra.

Un reportero le acercó un micrófono entre los aficionados y el resto de los periodistas.

–Señor Starc, hablemos sobre la nueva mujer de su vida.

–¿Es cierto que era su antigua asistente personal?

–¿Dónde ha estado este año?

–¿Dimitió o la despidió usted?

–¿Una pelea de enamorados?

–¿Qué diseñador se merece el mérito de su transformación?

¿Transformación? ¿De qué diablos estaban hablando? Para él, era tan solo Lucy Ann. Bonita y especial. Aunque sí era cierto que se había transformado en los últimos meses, eso no cambiaba la esencia de su ser, la mujer que él siempre había conocido y admirado.

Ciertamente, sus curvas le daban un mayor atractivo y las ropas que su nueva asistente personal le había encargado eran más llamativas. No obstante, nada de eso le importaba. La había deseado antes y seguía deseándola.

El reportero acercó un poco más el micrófono.

–¿Está usted seguro de que el bebé es suyo?

Aquella pregunta le enojó profundamente.

–Comprendo que la prensa piense que la vida personal de cualquiera que sea famoso debe ser de dominio público, pero en lo que se refiere a mi familia, no voy a tolerar esa clase de afirmaciones. Si desea seguir teniendo acceso a mí, tendrá que respetar a mi hijo y a su madre. Ahora, ha llegado el momento de que yo celebre mi triunfo con mi familia. No hay más preguntas.

Se abrió paso entre la multitud y vio que Lucy Ann estaba en su box privado, observando. ¿Habría oído las preguntas por los altavoces? Esperaba que no. No quería que nada estropeara la velada que tenía preparada. Ella había consentido que la niñera se ocupara de Eli. Elliot la tendría solo para sí.

–Enhorabuena, Starc –le dijo otro periodista–. ¿Cómo piensa celebrar la victoria?

–¿Cuánto tiempo espera que dure su racha de victorias?

–¿Es esa mujer y su hijo la razón por la que se rompió su compromiso?

Elliot se limitó a decir que no tenía comentario alguno que hacer y subió los escalones para dirigirse al lugar en el que Lucy Ann esperaba con algunos de los invitados. Los saludó a todos rápidamente y les dio las gracias por asistir.

–Has ganado –le dijo Lucy Ann con una amplia sonrisa. Llevaba puesto un vestido rojo que se le ceñía a las curvas.

Elliot daría su trofeo sin dudarlo para poder quitarle ese vestido.

–Creo que deberíamos marcharnos –replicó él, antes de que los avergonzara a ambos delante de los periodistas y de los invitados.

Se moría de ganas por estar a solas con ella. Durante la carrera, no había podido dejar de pensar en el momento en el que pudiera estar de nuevo junto a Lucy Ann para seguir con su campaña. Para poder besarla todo lo que deseara.

–Claro. A la fiesta de la escudería.

–Hoy no –le susurró él al oído–. Tengo otros planes.

–Tienes responsabilidades en tu profesión que no puedes eludir. Lo entiendo.

Elliot la estrechó contra su cuerpo y musitó:

–La prensa se muestra excesivamente hambrienta hoy. Tenemos que ir al ascensor privado.

–No creo que esa sea la mejor idea…

–¿Y qué propones que hagamos entonces?

Ella le tiró del brazo y lo acercó hasta la ventana.

–Hace mucho tiempo me enseñaste que la mejor manera de librarse de la prensa era darle pequeños bocaditos de información.

La punta de la lengua le acarició suavemente el labio superior antes de que ella se pusiera de puntillas para besarlo. Elliot se quedó atónito un segundo antes de reaccionar. Le rodeó la cintura con los brazos y ella le correspondió haciendo lo mismo alrededor del cuello. Elliot se imaginaba cómo las cámaras se disparaban a la misma velocidad que los latidos de su corazón. No sabía qué era lo que le había hecho cambiar de opinión, pero le gustaba.

Lucy Ann le mesó el cabello con los dedos. Él recordó que ella había hecho lo mismo la noche que pasaron juntos. Por aquel entonces, Elliot tenía el cabello más largo, antes del accidente.

Lucy Ann suspiró contra su boca y comenzó a retirarse.

—Eso debería conseguir que los buitres de la información quedaran contentos durante un rato —le susurró antes de mordisquearle suavemente el labio inferior—. ¿Estás listo para celebrar tu victoria?

Lucy Ann salió al balcón del castillo. El aire de la noche era fresco y las losetas del suelo lo estaban aún más, aunque no lo suficiente como para hacerla volver al interior.

Elliot se estaba duchando para quitarse el olor a gasolina. Ya había encargado la cena. La comida los esperaba sobre la mesa. Las deliciosas especias españolas perfumaban el aire.

No había duda alguna de que Elliot había encargado personalmente los platos. La mesa estaba cubierta de todos los platos favoritos de Lucy Ann, hasta un flan para el postre. Elliot se había acordado. Ella se había pasado mucho tiempo trabajando como su ayudante y asegurándose de que recordaba todos los detalles de su vida, pero no se había parado a pensar que él estuviera aprendiendo también los de ella.

Deslizó los dedos suavemente por la jarra del agua. No tenía junto a ella el escuchabebés por primera vez desde que… No recordaba cuándo. La señora Clayworth iba a cuidar a Eli.

Elliot apareció de repente en el balcón, tan fresco por la ducha que acababa de tomar que aún tenía el cabello mojado. Se había puesto unos sencillos pantalones negros y una camisa blanca con las mangas enrolladas.

Lucy Ann tragó saliva. Estaba muy nerviosa y trató de encontrar algo que decir para romper el tenso silencio que flotaba entre ellos.

—No me puedo creer que la prensa nos dejara en paz después de la carrera…

—Bueno, nos escapamos por una puerta trasera.

—Eso jamás los ha detenido antes.

—Yo contraté más seguridad —dijo él mientras se acercaba a Lucy Ann muy lentamente—. No quiero que nadie os moleste a Eli o a ti. Nuestras vidas son demasiado privadas ahora. Ya estoy harto de seguirle el juego a los paparazzi. Al menos, sabemos que este lugar es seguro.

—Tan seguro como el bosque en el que nos escondíamos de niños.

Elliot se detuvo frente a ella y le apartó un mechón de cabello del rostro.

—¿Por qué me besaste después de la carrera?

—Para contentar a la prensa. Y porque quería hacerlo.

—¿Y por qué me mordiste?

—Ah, eso —comentó ella riendo—. Bueno…

–Ahora eres mucho más segura de ti misma –susurró él. Los ojos color esmeralda brillaban con curiosidad y promesas.

–La maternidad me ha dado un propósito en la vida.

–Me gusta verte mucho más cómoda –afirmó él. Se sentó a la mesa–. Ver cómo dejas que el mundo vea la mujer que eres.

Por mucho que ella temiera confiar en un hombre, confiar en Elliot, no podía evitar preguntarse si él seguiría tratando de tejer un futuro de cuento de hadas para ellos más allá de aquella noche, ignorando el hecho de que ella hubiera sido la Cenicienta a lo largo de toda su vida. Ella quería un hombre que se fijara de verdad en cómo era ella, no en el cuento de hadas. No en la fantasía. Si era sincera, seguía teniendo miedo de que su interés sexual hubiera llegado demasiado tarde para ser auténtico.

–Lo dices como si yo antes fuera un ratón… alguien que necesitara una transformación, como te dijo ese periodista.

–¿Oíste las preguntas?

–Sí. El sistema de televisión del box estaba retransmitiendo desde el podio. En realidad, terminó siendo un cumplido.

–No te olvides de que yo vi el brillo mucho antes…

–Si viste mi brillo, ¿por qué tardaste tantos años en insinuarte?

–Si no recuerdo mal, fuiste tú la que empezó.

Lucy Ann hizo un gesto de sorpresa. Parte de su

seguridad en sí misma se desvaneció al pensar que podrían haber seguido siendo amigos si ella no le hubiera besado impulsivamente aquella noche cuando los dos estaban borrachos.

–Gracias por recordarme el ridículo que hice.

–Me estás malinterpretando –dijo Elliot mientras entrelazaba los dedos con los de ella y le tiraba de la mano–. Siempre te he encontrado atractiva, pero estabas vedada para mí. Algo mucho más valioso que una amante. De esas tengo a docenas. Eras, y eres, mi amiga.

Lucy Ann quería creerlo.

–A montones. Qué bonito.

–Lucy Ann. Basta ya –susurró él apretándole la mano–. No quiero pelear contigo. Esta vez no tiene por qué ser así. Confía en mí. Tengo un plan.

Ella había planeado seducirle, pero él iba en serio con ella.

–¿De qué cuento de hadas va esta noche?

–Podría ser la realidad.

–Me desilusionas –respondió ella. Se inclinó sobre él hasta que los torsos de ambos se rozaron. Los senos de ella se irguieron como respuesta.

Se puso de pie y la llevó hasta la mitad del balcón.

–Estamos en medio del baile de Cenicienta.

–Bien, pues el tiempo va pasando dado que Eli se sigue despertando de madrugada.

–Entonces, deberíamos aprovechar al máximo la velada –afirmó él. La luz de la luna los iluminaba suavemente–. ¿Estás listo para cenar?

–¿De verdad?

–No te lo habría preguntado si no lo quisiera saber. No creo que sepas lo mucho que deseo hacerte feliz.

Lucy Ann dio un paso al frente y levantó las manos.

–En ese caso, bailemos.

–Está bien –dijo él mientras la tomaba entre sus brazos–. Te lo debo desde el instituto, desde nuestro baile de segundo. Tenías un vestido muy bonito que te había hecho tu tía. Ella me lo enseñó para que yo pudiera asegurarme de que las flores que llevabas en la muñeca fueran del tono adecuado de azul.

–No me puedo creer que aún te acuerdes de eso...

–Me arrestaron por el robo de un coche y te dejé plantada. Eso suele hacer que una noche sea particularmente memorable.

–Yo sabía que habían sido tus amigos y no tú.

Elliot se apartó un poco de ella para poder mirarla a los ojos.

–¿Y por qué no me dijiste que pensabas eso?

–Habrías discutido conmigo por detalles técnicos –bromeó ella–. Por aquel entonces eras incluso más testarudo.

–Claro que fui yo quien robó ese coche –insistió él mientras la estrechaba contra su cuerpo–. No fue ningún tecnicismo. Quería llevarte al baile en un coche decente. Me imaginé que el concesionario de coches usados no se daría cuenta.

—No me habría importado nada qué clase de coche tuviéramos aquella noche.

—Lo sé, pero a mí sí que me importaba. Terminé pasando la noche en la cárcel antes de que el dueño del concesionario retirara los cargos, solo Dios sabe por qué. Aquella noche en la cárcel dormí mejor de lo que había dormido desde hacía mucho tiempo al no estar en la casa de mi padre.

Aquellas palabras le rompían el corazón a Lucy Ann. Las infancias de ambos habían sido tan difíciles… ¿Cómo era posible que tuvieran oportunidad de tener una relación adulta y saludable el uno con el otro? Ella apoyó la cabeza en el hombro de Elliot y dejó que él hablara.

—Me sentí como un canalla aquella noche por dormir, por agradecer el respiro de una noche lejos de mi padre cuando te había defraudado a ti.

¿Defraudarla? Elliot había sido su puerto en medio de la tormenta.

—Elliot, solo era un baile. A mí me preocupaba más cómo reaccionaría tu padre al enterarse de tu arresto.

—Yo quería dártelo todo, pero te defraudé una y otra vez.

Aquella conversación se estaba alejando de los planes de seducción que ella tenía.

—Esto no es lo que el príncipe le dice a Cenicienta en el baile.

—Lo que quiero decir es que estoy tratando de dártelo todo, si tú me lo permites. Solo tienes que decirme lo que quieres.

Cada célula de su cuerpo quería gritarle que deseaba que le quitara el vestido y que le hiciera el amor contra la pared. En vez de eso, le susurró:

–Lo único que quiero es que Eli sea feliz para que pueda llevar una vida normal.

–Y crees que esto no es normal…

–Castillos. Monasterios y bibliotecas… Bueno, no me parece lo más normal del mundo.

–Aquí hay parques también. Solo tenemos que encontrarlos para poder llevar a Eli.

Lucy Ann se sintió muy culpable. Elliot estaba pensando en su hijo y ella estaba pensando en el sexo.

–Haces que todo parezca tan sencillo…

–Puede serlo.

–Pero yo no me puse en contacto contigo para decirte que estaba embarazada.

–Ni yo me interesé por ti como debería haber hecho. Dejé que mi orgullo me lo impidiera y, además, le hice daño a otra mujer.

Lucy Ann no había considerado el hecho de que Gianna había sufrido también con aquella situación.

–¿Qué ocurrirá en el futuro si tú encuentras a otra persona… o la encuentro yo?

–¿Quieres monogamia? Pues así será.

–Lo dices tan rápido, pero también eres el que crea los cuentos de hadas y los juegos –dijo ella levantando la mirada para observarlo–. Ahora te estoy preguntando algo con sinceridad.

Lucy Ann se preguntó si ella estaba insistiendo

demasiado para obtener respuestas a preguntas que podrían provocar que él saliera huyendo. ¿Había tomado un camino de autodestrucción a pesar de sus planes de estar con él?

Elliot dejó de bailar. Le enmarcó el rostro hasta que las miradas de ambos se cruzaron.

—Cree esto que te digo: tú eres la única mujer que deseo. Eres mucha más mujer de lo que yo merezco, así que si permaneces a mi lado, la monogamia me resultará muy fácil.

—¿Me estás pidiendo que me case contigo?

—Te estoy pidiendo que permanezcamos juntos, que durmamos juntos, que seamos amigos, amantes y padres.

No le estaba pidiendo matrimonio. Después de todo, no estaban en el baile de Cenicienta. Estaban estableciendo una convivencia para disfrutar del sexo y de la amistad.

Ella no creía en los cuentos de hadas. Por lo tanto, debería aceptar lo que él le ofrecía. Sin embargo, tenía la intención de asegurarse que él entendía que la conveniencia no significaba que ella simplemente aceptara todo lo que él le propusiera.

Capítulo Ocho

Lucy Ann se apartó de los brazos de Elliot, lo que a él le molestó profundamente. ¿Por qué se alejaba ella de su lado? ¿Lo rechazaba a pesar de todo lo que se acababan de decir? Apretó la mandíbula y se metió las manos en los bolsillos para evitar convertirse en un idiota, en un necio que le suplicara que se quedara a su lado.

Sin embargo, ella no se alejó demasiado. Lo miró fijamente, con las pupilas muy dilatadas. ¿Sería por la oscuridad o por el deseo? Esperaba sinceramente que la causa fuera la última de las dos opciones. Ella dirigió la mano hacia la tira de tela que le sujetaba el vestido y empezó a tirar.

Elliot se quedó boquiabierto.

–Lucy Ann. ¿Estás a punto de… de…?

–Sí, Elliot. Así es –afirmó ella mientras se abría el vestido y dejaba al descubierto ropa interior de raso rojo y una atractiva y cremosa piel.

El cerebro de Elliot entró en punto muerto. Lo único que podía hacer era mirar… y admirar. El sujetador le contenía unos generosos pechos tan perfectos que las manos de él ansiaban sostenerlos también y comprobar su peso, acariciárselos hasta que ella suspirara de excitación.

Lucy Ann se encogió de hombros y el vestido comenzó a deslizarse hacia el suelo...

Elliot se abalanzó sobre ella. Le agarró de los hombros y la estrechó contra él, impidiendo así que el vestido cayera por completo.

—Lucy Ann, estamos en un balcón. Al aire libre.

—Lo sé... —ronroneó ella mientras se frotaba contra la potente erección de él.

—Es mejor que entremos en la suite.

—Eso también lo sé. Llévame dentro. A tu habitación o a la mía. Tú eliges mientras estemos juntos y los dos completamente desnudos.

La necesidad de poseerla le tensó todos los músculos.

—Iremos a mi habitación porque tengo preservativos en la mesilla de noche. Y, antes de que lo preguntes, sí, llevo deseando y planeando acostarme contigo desde que empezó este viaje –admitió. La tomó en brazos y con el hombro abrió la puerta de la suite.

Lucy Ann comenzó a besarle suavemente el cuello, para luego comenzar a mordisquearle la oreja.

—Se supone que eres el piloto de carreras que siempre vive al filo del peligro y, sin embargo, eres tú el que tiene cuidado. En realidad, eso me parece bastante romántico.

—Contigo siempre tengo cuidado...

En realidad, no había sido así. La había dejado sola cuando ella era una adolescente, la había dejado embarazada y se había mantenido alejado de ella durante casi un año. Por ello, se negaba a defraudarla una vez más. Ella se merecía lo mejor de él.

Ella le deslizó la mano por la parte posterior de la cabeza y lo acercó para darle un beso. Elliot la besó tan concienzudamente como deseaba poseer su cuerpo. Con cada paso que daban hacia el dormitorio, su cuerpo palpitaba más y más rápidamente de deseo por ella. Los últimos pasos antes de llegar a la cama le parecieron eternos.

La dejó de pie con cuidado, como si estuviera hecha de cristal. Entonces, ella agarró el vestido y, tras morderse el labio un instante, lo dejó caer lenta y seductoramente. A continuación, se quitó los zapatos con una enérgica patada.

–Uno de nosotros está demasiado vestido...

–No me digas...

–Sí.

Lucy Ann le enganchó un dedo en el cuello de la camisa y tiró con fuerza. Le arrancó así los botones, que cayeron en cascada al suelo.

–Parece que te estás haciendo cargo tan bien, que pensé que lo mejor era que me ayudaras tú.

–Mmm... Si yo estoy al mando, quiero que te quites el resto de la ropa mientras te observo.

–Creo que puedo cumplir ese deseo –dijo Elliot. Se quitó la destrozada camisa y vio cómo ella se sentaba sobre la colcha, rodeada de mullidas almohadas y de una manta de piel de imitación. Se quitó los zapatos y dejó que los pies se le hundieran en la gruesa alfombra persa.

Lucy Ann se reclinó sobre la cama y hundió los

talones en el colchón para poder empujarse y llegar de ese modo al cabecero.

–Te podrías haber seguido ganando la vida como modelo y te habrías forrado, ¿sabes?

Las manos de Elliot se detuvieron en la hebilla del cinturón.

–Estás cargándote el ambiente, Lucy Ann. Prefiero olvidar ese breve capítulo de mi vida.

–Quédate aquí… sin moverte… Volveré enseguida.

Regresó rápido al balcón. Tomó una bandeja de fruta y queso y colocó los dos platos de flan encima. Entonces, manteniendo el equilibrio de aquel improvisado festín, se dirigió hacia el dormitorio con mucho cuidado de no despertar a la niñera ni a Eli.

–¿Quieres cenar ahora?

–Si tú eres mi plato, por supuesto que sí. Creo que este es un buen momento para tomar algo de comer.

–De acuerdo. No querría que nos mancháramos la ropa…

Se contoneó sobre la cama para quitarse las braguitas. Sus hermosas curvas quedaron al descubierto. Dios Santo…

Elliot estuvo a punto de dejar caer al suelo la maldita bandeja. Por suerte, consiguió dejarla encima de la cama, aunque sin poder apartar los ojos de las largas piernas que conducían a los rizos color caramelo. Ciertamente, estaba demasiado vestido para lo que tenía en mente.

Se quitó los pantalones y los calzoncillos a la vez.

La erección quedó libre por fin. Ella sonrió y lo miró con tal apreciación que Elliot se excitó aún más.

–Elliot…

–¿Sí? –preguntó él mientras le agarraba un pie con la mano y lo levantaba para besarle el tobillo, del que colgaba una delicada cadena con el colgante de un hada. Ese adorno le sorprendió, porque Lucy Ann era una mujer muy práctica. ¿Qué más se habría perdido de Lucy en el año que habían estado separados?

–¿Sabes lo que haría que esto fuera perfecto?

–Dímelo y te lo conseguiré –susurró él mientras le besaba la pantorrilla.

–Más luz.

–¿Más luz? –preguntó él muy sorprendido.

–Hace bastante tiempo desde que te vi desnudo y la última vez fue demasiado precipitado y había muy poca luz.

Ella era capaz de excitarlo completamente.

–Está bien…

Dejó la pierna sobre la cama y fue a encender una enorme araña de hierro forjado que complementaba la suave luz de la lámpara de la mesilla de noche. Los fuertes colores de la ropa de cama hacían que Lucy Ann pareciera más pálida y desnuda. Su cremosa piel era más tentadora que nada de lo que hubiera podido ver nunca. El modo en el que ella lo miraba le caldeaba la sangre hasta convertírsela en lava y hacer que todo su cuerpo ardiera por ella.

Sin embargo, no iba a permitirse perder el control. Se tomó el tiempo suficiente para rebuscar en el cajón de la mesilla de noche y sacar un preservativo. Lo dejó sobre la cama antes de tumbarse junto a ella en el colchón. Se tomó su tiempo, a pesar de la urgencia que lo atenazaba, explorando cada curva, disfrutando del modo en el que a Lucy Ann se le ponía la piel de gallina.

Ella correspondía cada una de sus caricias hasta el punto de que Elliot no pudo estar seguro de quién estaba imitando a quién. Las manos se movían al unísono, los suspiros de ambos también se sincronizaron hasta que las respiraciones se aceleraron. Elliot perdió la noción del tiempo que estuvieron los dos disfrutándose, tocándose y haciéndose gozar. Ella le colocó el preservativo, pero Elliot casi ni se dio cuenta dado que el placer era demasiado fuerte al sentir las caricias que ella le proporcionaba y el tacto del húmedo deseo sobre los dedos mientras le acariciaba entre las piernas.

Tratando de aferrarse a un control que cada vez le costaba más refrenar, extendió la mano hacia la comida que había puesto sobre la cama. Agarró una fresa y se la puso entre los dientes. Se deslizó sobre ella, cubriéndola. Palpitaba entre las piernas de Lucy Ann, apretándose contra ella. Se inclinó un poco más y empujó la fresa contra su boca. Lucy Ann separó los labios para cerrarlos sobre la madura fruta hasta que los dos se unieron en un beso.

Ella mordió la fresa y Elliot la penetró. El delicioso sabor de la fruta se le extendió por la boca al mismo tiempo que las sensaciones se apoderaban de él. El placer al sentirse aprisionado por ella, hundiéndose con fuerza mientras ella jadeaba de placer. Elliot comenzó a moverse sobre ella, masticando la fresa. Lucy Ann arqueó el cuello, ofreciéndole los senos firmes y erectos.

Elliot tomó otra fresa y la aplastó entre sus dedos. Entonces, hizo caer el zumo sobre el pezón de ella. Lucy Ann gimió de placer al sentir que él le lamía el jugo, saboreándola, haciendo girar el firme pezón entre sus labios hasta que ella le pidió que siguiera. El sabor de la fruta madura y el de algo más lo dispusieron para verterse dentro de ella sin más dilación.

Sin embargo, estaba decidido a hacerlo durar. Para él y para ella.

¿Cómo era posible que hubiera permanecido lejos de Lucy Ann durante tanto tiempo? ¿Cómo había pensado que podía estar con otra mujer en vez de con ella? Compartían un fuerte vínculo. Siempre había sido así. Ella era suya.

Aquel pensamiento se apoderó de él, acompañado de cerca por los suspiros y gemidos que ella emitía al alcanzar el orgasmo. Lucy Ann extendió las manos sobre la cama, agarrando con fuerza la colcha y mordiéndose los labios para no lanzar el grito de placer que podría despertar a los demás. Al verla de aquella manera, Elliot no pudo contenerse más y se corrió. Se vertió en ella muy profundamente, aunque no lo suficiente porque de inmediato volvió a desearla.

Mientras se desmoronaba encima de ella, solo podía pensar que Lucy Ann le pertenecía. Sin embargo, no había podido mantenerla antes a su lado. ¿Cómo iba a conseguir retener a aquella nueva Lucy Ann, más segura de sí misma, una mujer que no necesitaba nada de él, a su lado?

Vibrando de anticipación, Lucy Ann se giró hacia Elliot.

–Tengo que comer un poco más o voy a desmayarme.

Le agarró la muñeca y dirigió la cucharada de flan hacia la boca mientras él reía. Cerró los ojos y saboreó con fruición el dulce postre. Todos sus sentidos estaban en estado de alerta desde que Elliot y ella habían hecho el amor… en dos ocasiones. El aroma de las fresas aún flotaba sobre las sábanas a pesar de que se habían duchado juntos antes de volver a hacer el amor bajo el agua antes de regresar a la cama.

Lucy Ann tendría que dormir o, si no, le serviría de muy poco a su hijo. Sin embargo, por el momento no estaba dispuesta a dejar escapar aquella noche de ensueño.

Las lujosas sábanas le acariciaban la sensible piel. El aroma a hierbas secas y a flores que emanaba de ellas la sumergía en un mundo de fantasía, un mundo del que no quería escapar.

Agarró la cuchara del flan y le ofreció un poco a su apuesto caballero.

–Tengo que decir que nuestro baile de esta noche terminó mucho mejor que el de segundo curso.

–En eso tienes razón –afirmó él. Metió su cuchara en el postre y así, los dos comenzaron a alimentarse el uno al otro–. Señorita, bailas muy bien sobre esa sábana…

Elliot era una fantasía para ella con sus anchos hombros y su musculado torso. Todo era tan perfecto que no quería mirar hacia el futuro. Tenía la intención de aprovechar al máximo aquella oportunidad que tenían de estar juntos.

Habían disfrutado del sexo antes. Conocían sus cuerpos íntimamente, pero, a pesar de todo, había algo de novedad en aquel instante. Ella tenía un aspecto diferente después de tener un niño. Su cuerpo había cambiado y ella misma había cambiado. Se había convertido en una mujer más segura, personal y profesionalmente.

Lucy Ann miró a Elliot a los ojos y no encontró nada más que deseo. Su mirada la acariciaba con apreciación e incluso con posesión, atizando el fuego que aún ardía dentro de ella.

–Tengo que confesarte algo –susurró ella tras aceptar una nueva cucharada de flan.

El rostro de Elliot se puso sombrío. Tragó la cucharada que ella le ofrecía y dijo:

–Dime lo que sea. No voy a ir a ninguna parte.

Ella dejó cuidadosamente la cuchara sobre el plato. La intensidad de todo aquello amenazaba con abrumarla. Necesitaba desesperadamente algo que la aliviara.

–Tal vez me guste la simplicidad en muchas partes de mi vida… pero me siento completamente adicta a las sábanas caras.

–Dios, Lucy Ann…. Me has dado un susto de muerte con lo de las confesiones.

–Estoy hablando muy en serio. Cada noche, cuando me meto en la cama, esas sábanas tan ásperas me hacen anhelar el algodón egipcio… También tengo que admitir que un colchón barato es una porquería…

–Ahh, ahora lo entiendo –dijo él mientras los tapaba a ambos con la colcha–. El cuento del que estamos hablando aquí es el de *La princesa y el guisante*. Te prometo que me aseguraré siempre de que tengas los mejores colchones y sábanas que el dinero pueda comprar –afirmó él antes de darle una palmadita en el trasero.

–Mi príncipe… –bromeó ella, aunque sabía que inevitablemente tendrían que dirigir la conversación hacia otra dirección más seria–. Creo que no te he felicitado hoy por tu victoria. Siento que te hayas perdido las fiestas de esta noche.

–Pues yo no lo siento en absoluto –susurró él mientras le acariciaba el cabello–. Es aquí exactamente donde deseo estar. Celebrándolo contigo, sin ropa… La mejor fiesta posible.

–Sin embargo, tú te mereces celebrar tu fiesta. Has llegado muy lejos gracias a tu determinación –le dijo ella mientras enganchaba una pierna en la de él–. No obstante, tengo que decir que siempre me ha sorprendido que eligieras la Fórmula 1 y no el NASCAR, dado que empezaste a correr en circuitos de tierra.

¿Por qué jamás se le había ocurrido preguntarle eso antes? Elliot empezó a correr a los catorce años. Luego lo retomó de nuevo cuando se graduó en el reformatorio miliar en Carolina del Norte. Era un ejemplo del éxito del colegio en la rehabilitación de chicos problemáticos sin que la gente supiera que, periódicamente, ayudaba a la Interpol.

Elliot apoyó la barbilla en la cabeza de Lucy Ann.

—Supongo que yo también tengo una confesión que hacerte. Quería ir a la universidad para graduarme en inglés, pero tenía que ganarme la vida. Regresé a las carreras cuando terminé el instituto porque me había quedado sin crédito.

Lucy Ann se quedó muy sorprendida. Recordó que él siempre había tenido un libro entre las manos, pero jamás le había mencionado aquel sueño. Acababa de emerger una nueva faceta de Elliot, lo que le hizo preguntarse qué más había mantenido en secreto.

—¿Por lo de tu arresto?

—No. Porque mi padre sacó tarjetas de crédito a mi nombre.

Lucy Ann cerró los ojos y lo abrazó con fuerza.

—Lo siento mucho… En realidad, no debería sorprendernos nada en lo que se refiere a ese hombre, pero duele de todos modos. Me alegra tanto que lograras alejarte de él.

—Tú deberías estar enfadada conmigo por haberte dejado. Te defraudé.

–No estoy de acuerdo. Hiciste lo que tenías que hacer. Te eché de menos cuando te enviaron a Carolina del Norte, pero lo comprendí.

–A pesar de eso, te dolió lo que hice. Lo vi entonces y lo siento ahora. Dime la verdad.

–Comprendo que necesitabas marcharte, créeme. Lo único es que me hubiera gustado que hubieras hablado conmigo y me hubieras dado la oportunidad de ver cómo nos podríamos haber marchado los dos juntos. Ese lugar era soportable cuando estabas tú. Sin ti…

Lucy Ann cerró los ojos y escondió el rostro contra el torso de Elliot.

–Me gusta pensar que si pudiera regresar y cambiar el pasado, lo haría. Sin embargo, creo que volvería a cometer los mismos errores. Te dejé marchar. Tú te mereces ocupar el primer lugar en la vida de alguien, alguien que no te defraude.

¿Adónde quería él ir a parar con ese comentario? ¿Dónde quería ella que terminara?

Después de decir esas palabras, Elliot permaneció en silencio largo tiempo. Entonces, comenzó a acariciarle suavemente la espalda, con cariño en vez de seducción. Le dio un beso en lo alto de la cabeza.

–No quería dejarte cuando estábamos en el instituto. Quiero que lo sepas –susurró él con la voz desgarrada por la emoción–, pero no tenía nada que ofrecerte si nos marchábamos juntos. Yo no podía seguir allí por más tiempo. No veía ninguna salida más que me arrestaran.

–¿Robabas coches a propósito, esperando que la policía te arrestara?

–Más o menos. Después de aquella primera noche en la cárcel, empecé a robar coches con regularidad. No esperaba que se me diera tan bien. Pensé que me arrestarían antes.

–¿Y por qué querías que te arrestaran?

–Me imaginé que la cárcel era un lugar más seguro que mi casa. No me preocupaba que mi padre me hiciera daño a mí, sino a las personas que me rodeaban.

–¿Te refieres a tu madre y a mí?

–Sí. ¿Te acuerdas cuando nos fuimos en ese viaje a la playa y mi vieja furgoneta se averió?

–¿Te refieres a cuando se te cayeron dos neumáticos?

–Sí. Cuando se me cayó el primero, pensé que había sido mala suerte, pero cuando se me cayó el segundo…

A Lucy Ann se le hizo un nudo en el estómago al recordar lo ocurrido.

–Tuvimos suerte. Y tú reaccionaste muy rápido.

–Después, descubrí que mi padre había contratado un seguro de vida a mi nombre.

Lucy Ann contuvo la respiración y se incorporó para poder mirarlo a los ojos. El rostro de Elliot no expresaba emoción alguna.

–Elliot, ¿de verdad crees que tu padre trató de matarte?

–Estoy seguro de ello –afirmó él. Se incorporó un poco para sentarse.

–Tenías que tener tanto miedo…

¿Por qué no se lo había contado antes? Lucy Ann encontró inmediatamente la respuesta. No quería ponerla en peligro.

–No tenía dinero para demandarle. Por eso, decidí que los muchachos del reformatorio no podían ser tan malos como mi padre.

–Pero tuviste la suerte de que te mandaron al centro de rehabilitación militar.

Efectivamente, su vida había dado un giro completo por el tiempo que pasó en ese centro, por sus amigos y por el director.

–Sí, por fin tuve un poco de suerte –admitió mientras comenzaba a masajearle a Lucy Ann suavemente la cabeza–. Lo único que sentí fue dejarte a ti atrás. Ahora veo que debería haber encontrado otro modo.

–Todo salió bien…

–¿Tú crees? Los novios de tu madre… Hemos hablado sobre muchas cosas a lo largo de los años, pero jamás de la época que yo estuve fuera.

Lentamente, ella se dio cuenta de lo que él le estaba preguntando. Pensar que Elliot se había preocupado por ella a lo largo de todos aquellos años… Se le rompió el corazón al pensarlo. Se preguntó si aquella era la razón de que le hubiera dado un trabajo y la hubiera mantenido a su lado.

–Elliot, los tipos con los que salía mi madre eran unos canallas. Algunos trataron de sobrepasarse, pero ninguno fue violento conmigo. Algunos eran unos pervertidos, pero no eran violadores. Me marchaba a la casa de la tía Carla hasta que todo se calmaba o hasta que mi madre rompía con ellos.

–No deberías haberte enfrentado a todo eso tú sola ni deberías haber tenido que huir de tu casa. Tu madre debería haberte defendido. Yo debería haberte defendido.

–No quiero que te sientas obligado a ser mi protector… –susurró ella enmarcándole el rostro entre las manos

–No sé qué otra cosa debería ser para ti…

Los dos podrían volver a ser adolescentes, apoyándose el uno al otro porque tenían tan poco en su mundo. Tanto dolor. Tanta traición de unos padres que deberían haberlos valorado y protegido. Estaban tan unidos que ella se sentía ligada a él de un modo que no podía expresar con palabras.

Gozó al sentir la piel de él contra la suya. Le dio un beso profundo. Degustó el sabor del flan, de las fresas y de él, una combinación más embriagadora que cualquier bebida alcohólica.

Al menos por aquella noche, Elliot era suyo.

Capítulo Nueve

Las lenguas de ambos se unieron y se enredaron mientras que Lucy besaba a Elliot. Encajaban tan perfectamente… Ella trataba de darle algún tipo de consuelo, aunque solo fuera en forma de distracción. El sexo no resolvía los problemas, pero ciertamente hacía que todo fuera más placentero.

Elliot le agarró la cintura con las manos y la animó a colocarse encima de él. Lucy Ann se sentó encima de él a horcajadas. La erección le apretaba entre las piernas, contra el centro más sensible de su feminidad. Se movió encima de él y sintió que el cuerpo le ardía de deseo.

–Necesito… Deseo…

–Dímelo, Lucy… –susurró él mientras le besaba dulcemente el cuello–. Dime lo que deseas…

–Ahora mismo. Te necesito dentro de mí…

–No me refería a eso –dijo él. La miró con sus hipnóticos ojos verdes.

–Calla… No estropees esto –musitó ella tras colocarle dos dedos en los labios. No quería que la conversación pudiera llevarles a un terreno peligroso, tal y como había ocurrido hacía once meses.

Solo pensar en la pelea que habían tenido le helaba la sangre. Aquella discusión había sido el inicio del periodo más doloroso de su vida. No podían seguir de nuevo por ese camino. Tenían que pensar en Eli.

¿Y qué ocurría con los sentimientos de ambos?

Lucy Ann apartó aquellos pensamientos, decidida a vivir el momento. Estiró la mano para sacar otro preservativo de la mesilla de noche. Él se lo quitó de las manos, lo sacó del envoltorio y se lo puso rápidamente antes de volver a colocarla encima de él. Lenta y cuidadosamente, Lucy Ann lo acogió en su cuerpo hasta que él llegó a tocar el punto justo.

–Síí…

Lucy Ann deseaba cerrar los ojos, pero el modo en el que él le miraba los ojos se lo impidió. Le devolvió la mirada mientras movía las caderas para acogerlo dentro de ella. Cada movimiento le provocaba oleadas de placer que le recorrían todo el cuerpo. Le colocó las palmas de las manos contra el pecho y ronroneó de satisfacción al darse cuenta de que le hacía perder el control del mismo modo que Elliot a ella.

Le acariciaba las caderas, los senos… Lucy Ann suspiraba de placer, sintiendo cómo él la acariciaba instintivamente, deslizándole los pulgares por los pezones, hasta el punto que sintió que iba a alcanzar el orgasmo demasiado pronto. Quería que aquello durara, aferrarse a aquel delicioso momento entre los brazos de Elliot. Se movió hacia delante para tumbarse encima de él, moviéndose lentamente, conteniéndose…

Elliot la abrazó y le mordió el lóbulo de la oreja.

Entonces, todo el cuerpo de Lucy Ann se tensó de repente y la empujó al clímax. Le clavó las uñas en los hombros y gritó al alcanzar la cima de la pasión.

Entonces, él le hizo girarse y se tumbó encima de ella, pero Lucy Ann volvió a colocarse encima de Elliot. Con el movimiento, tiró la bandeja al suelo. Él la besó con fuerza, absorbiendo sus gritos de placer en la boca. El orgasmo la atenazaba una y otra vez, tensándola. El cuerpo de Elliot palpitaba y sus gruñidos se mezclaban con los de ella hasta que ella se relajó por completo.

Tal vez podrían conseguir que su amistad, combinada con un sexo maravilloso, funcionara. Estar separados no había conseguido que ninguno de los dos fuera feliz. Ojalá pudieran disfrutar del sexo hasta el punto de no pensar en el futuro.

La respiración de Elliot se fue relajando hasta convertirse en un suave ronquido. En ese momento, Lucy Ann se dio cuenta de que jamás había dormido con él. Lo había visto dormido muchas veces, pero nunca había pasado toda la noche con él.

Era mejor que siguiera siendo así. Por muy tentador que resultara dejarse llevar, no volvería a cometer los errores del pasado. Tenía que pensar en Eli.

–Bienvenido a Montecarlo, Eli –le dijo Elliot a su hijo.

Llevaba al niño en brazos. Estaba paseando con el pequeño mientras todos los demás dormían. Había oído que Eli se despertaba y había conseguido tomarlo en brazos antes de que Lucy Ann se levantara.

El día había sido muy ajetreado por el viaje, por lo que no había tenido oportunidad de hablar con Lucy Ann, aunque ella tampoco le había facilitado la tarea. Si no hubiera creído que no era posible, habría pensado que ella lo estaba evitando.

No obstante, no había razón alguna para que ella hiciera algo así. El sexo de la noche anterior había sido maravilloso. No habían discutido. No sabía qué podía pasarle, pero el silencio que ella mantenía a lo largo de todo el día era evidente.

Eli, por su parte, se había ido poniendo más irritable a medida que pasaba el día. Cuando el avión privado aterrizó en Montecarlo, Elliot estaba dispuesto a llamar al médico. Lucy Ann y la niñera lo habían tranquilizado y le habían asegurado que Eli solo tenía gases y un gran agotamiento por el hecho de haber perdido su rutina.

Por supuesto, eso tan solo demostraba lo que Lucy Ann le había dicho: un bebé no podía vivir de acá para allá, pero Elliot no estaba dispuesto a admitir la derrota, y mucho menos después de la noche anterior. Lucy Ann y él estaban a punto de volver a conectar una vez más.

Había esperado que Montecarlo le ayudara a ganar más puntos. Allí tenía una casa. Además, sus amigos vivían en la zona y uno era el dueño de un casino. El apartamento que tenía era muy espacioso, aunque tendría que asegurar el balcón antes de que Eli empezara a andar. Se dio cuenta de que cuando pensaba en su casa, en vez de muebles de cuero y antigüedades, veía solo bordes afilados y peligros para un niño.

–¿Qué me dices, Eli? –le preguntó mirándole el pequeño rostro, que estaba arrugado y furioso–. ¿Te encuentras ya mejor? Creo que ya va siendo hora de que comas, pero no quiero despertar a tu mamá. ¿Qué te parece si te doy un biberón de esos que hay en el frigorífico?

Eli lo miró con enormes ojos, moviendo pies y manos. A Elliot siempre le había parecido que todos los bebés eran iguales, pero sabía que podía distinguir a Eli entre un millón. Resultaba extraño ver partes de Lucy Ann y de él representados en aquel pequeño rostro. El bebé solo llevaba en su vida una semana, pero parecía que formaba parte de su existencia desde siempre.

Eli arrugó el rostro de nuevo, señal de que estaba a punto de empezar de nuevo a chillar. Elliot se lo colocó sobre el hombro y empezó a golpearle suavemente la espalda mientras se dirigía al frigorífico para sacar uno de los biberones que había visto a Lucy Ann guardar allí.

Lo sacó y estaba a punto de dárselo cuando recordó que tenía que calentarlo. Rápidamente se sacó el teléfono y llamó a Conrad Hughes. Él siempre estaba levantado hasta muy tarde por su trabajo en el casino.

–Dime, Elliot.

–Necesito consejo.

–Claro. ¿Económico? ¿Laboral? Tú dirás.

–Sobre bebés. Tal vez sería mejor que se pusiera Jayne…

–Me siento insultado, amigo –bromeó Conrad–. Tú dirás. Además, Jayne está dormida. Agotada por la niña.

–La pregunta es: cuando le doy al niño un biberón de la leche de su madre que estaba en el frigorífico, ¿lo caliento en el microondas? Te juro que si te ríes, te daré una patada en el trasero en cuanto te vea.

–Solo me río por dentro, para que no me oigas –bromeó Conrad–. Lo que tienes que hacer es hacer correr agua templada por el biberón. Nada de microondas ni tampoco el baño María –le explicó Conrad como un profesional–. Si no se lo toma todo, no lo guardes. Tíralo. Ah, y no se te olvide agitarlo un poco.

–Se te da muy bien todo esto –le dijo Elliot sin poder resistirse mientras abría el grifo.

–Práctica.

–Creo que estaba debe de ser la conversación más extraña de mi vida…

–Será algo común antes de que te des cuenta. ¿Qué me cuentas de Lucy Ann y de ti?

–Estamos juntos –respondió él, tras pensar cuidadosamente la respuesta antes de contestar.

–¿Juntos, juntos?

–Estoy en ello.

–Te has enamorado de ella…

–Lucy Ann y yo llevamos siendo amigos toda la vida. Tenemos química.

–Pues espero que encuentres otra respuesta mejor que esa si llegas alguna vez a pedirle que se case contigo. Las mujeres esperan más que eso…

¿Pedirle matrimonio? No se le había ocurrido antes, y comprendió que debería haber pensado en ello. Debería haberle ofrecido un anillo en vez de un festín de sexo de cuatro semanas de duración.

–No soy tan idiota…

–¿Significa eso que estás pensando pedirle que se case contigo?

Lo había empezado a pensar en aquel mismo instante. El concepto encajaba perfectamente en su cerebro, como si fuera la pieza perdida de un rompecabezas que hubiera estado tratando de completar desde que Lucy Ann se marchó once meses atrás.

–Quiero que mi hijo tenga una familia y que Lucy Ann sea feliz –afirmó. Cerró el grifo y tocó el biberón. Parecía templado. Lo agitó como le había dicho Conrad–. Simplemente no estoy del todo seguro de cómo conseguirlo. No tengo muchos ejemplos de finales felices en mi árbol familiar.

–El matrimonio es trabajo, sin duda. Yo lo estropeé todo en una ocasión, por lo que tal vez no sea el hombre adecuado para pedir consejo.

Conrad y Jayne habían estado separados tres años antes de volver a reunirse.

–Pero tú arreglaste tu matrimonio, por lo que probablemente seas la personas más idónea. ¿Qué se hace cuando se ha metido la pata hasta el fondo? ¿Cuando se deja pasar tanto tiempo?

—Rebajarse.

—¿Y eso es todo? —replicó Elliot. Se sentó con su hijo en su sillón favorito y le empezó a dar el biberón al pequeño—. ¿Ese es el consejo que me das? ¿Que me rebaje?

—No es solo una palabra. Estás en deuda con ella por haberte comportado como un idiota. Como te dije antes, las relaciones son trabajo. Trabajo duro, más que ninguna misión de la Interpol. Sin embargo, las recompensas son muy altas si consigues hacerlo bien.

—Eso espero.

—Bueno, tengo que dejarte. La niña se ha despertado. No te olvides. Agita el biberón y sácale los gases.

Agitar, sacar gases, rebajarse.

—No me olvidaré.

Lucy Ann se despertó con el sol de la mañana. Se estiró. Había dormido fenomenal, seguramente producto del increíble colchón y del increíble sexo. No recordaba el tiempo que hacía desde que se levantaba tan descansada. No desde que Eli nació…

Parpadeó y contuvo la respiración.

—¡Eli!

Se levantó rápido de la cama y se dirigió a la cuna. ¿Había dormido el niño la noche de un tirón? Miró la cuna y la encontró vacía. El corazón se le encogió en el pecho.

Salió corriendo al salón y, allí, se detuvo en seco.

Elliot estaba sentado en su sillón favorito con el niño en brazos. Parecía tan cómodo... Sobre la mesa, había un biberón vacío.

Elliot jugueteaba con el pie de su hijo.

–Tengo planes para ti, muchachito. Hay tantos libros que leer. *Los viajes de Gulliver* y *El señor de los anillos* eran mis favoritos. Jugaremos a los coches cuando seas mayor, o tal vez prefieras los trenes o los aviones. Tú eliges.

Lucy Ann se relajó y se apoyó contra la puerta.

–Vas a educar a Eli con estereotipos.

Elliot levantó la mirada y sonrió. Estaba tan guapo con su barba incipiente y el niño en brazos...

–Buenos días, preciosa –dijo él mirándola con apreciación–. Eli puede ser cocinero o lo que quiera mientras sea feliz.

–Me alegra oírte decir eso. No me puedo creer que haya dormido hasta tan tarde esta mañana –comentó ella mientras se acercaba a Elliot.

–Eli y yo nos las hemos apañado muy bien. Si tuve algún problema, tuve mucho apoyo.

–Admito que elegiste muy bien a la niñera. La señora Clayworth es maravillosa.

–¿No estás molesta porque no te haya despertado?

–No se me ocurre ninguna madre que se disguste por dormir un poco más.

–Me alegro, Bella Durmiente –susurró él mirando el modo en el que el raso se le ceñía a Lucy Ann a los senos.

–Seguimos con el tema de los cuentos de hadas...

–Sí. Si te quedaras conmigo toda la temporada, podríamos representar *Aladino y la lámpara maravillosa.*

El hecho de que él mencionara el futuro hizo que Lucy Ann se sintiera incómoda. Vivía el día a día de su relación. No pensaba en el futuro ni en quedarse más tiempo. Se centraba en el cuento de hadas.

–¿Has estado fantaseando conmigo como bailarina del vientre?

–Ahora que lo mencionas…

–Por suerte para los dos, yo he descansado y estoy lista… Vas a ser un padre maravilloso.

–Bueno, te aseguro que mi padre me enseñó muy bien cómo no ser un buen padre. Las cosas que no aprendí, tengo la intención de averiguarlas, aunque eso signifique dar unas clases o leer todos los libros que haya en el mercado. Jamás he tenido un buen modelo.

Evidentemente, aquello era algo que le preocupaba. Lucy Ann se inclinó hacia él y le tocó la rodilla.

–¿Significa eso que yo estoy destinada a ser una madre horrible?

–Por supuesto que no. Está bien. Veo lo que quieres decir. Gracias por el voto de confianza.

–Yo creo que sí has tenido un buen modelo. El coronel. Él ha estado apoyándote del mismo modo que mi tía me ha apoyado a mí. Han hecho todo lo que han podido para enmendarnos.

–Yo no creo que tuvieran que enmendarme…

–No pasa nada, ¿sabes? –susurró ella frotándole la rodilla–. No pasa nada por estar triste o enojado con el pasado.

–Resulta más fácil correr en las pistas, incluso chocarse contra los muros, que enfrentarse al mundo.

–No estoy segura de que me guste esa comparación, porque yo me pondría muy triste si te ocurriera algo…

Elliot le apretó la mano y la miró muy serio.

–Yo dejaría la Fórmula 1. Por ti.

–Yo jamás te pediría que hicieras algo así. Al menos, no por mí.

–¿Me lo pedirías por Eli?

Lucy Ann pensó en la pregunta, pero le fue imposible encontrar una respuesta que no implicara una larga discusión sobre el futuro.

–Creo que esta conversación es demasiado seria para tenerla antes de que yo haya desayunado.

Tomó a Eli de los brazos de Elliot y se dirigió a la cocina. Era incapaz de negar la verdad. Aunque estuviera en el apartamento con él, huía de su lado del mismo modo que había huido once meses atrás.

Capítulo Diez

Elliot conducía su Mercedes S65 AMG por las estrechas calles de Montecarlo y a lo largo del acantilado para llegar a la mansión de los Hughes. Su Maserati no podía llevar asiento para niños, por lo que había necesitado un sedán que combinara el espacio y la seguridad con su amor por los buenos motores. Lucy Ann y su hijo iban a reunirse con Jayne Hughes y su hija mientras él repasaba el circuito.

La última vez que había recorrido aquella serpenteante carretera fue cuando llevaba a Jayne y a Conrad al hospital. Conrad estaba demasiado nervioso para conducir ante el inminente parto de Jayne. La niña nació diecisiete minutos más tarde de que llegaran al hospital.

Resultaba extraño que supiera más del nacimiento de la hija de su amigo que lo que sabía del de su propio hijo.

Agarró con fuerza el volante.

–Háblame del día en el que nació Eli.

–¿Me lo estás preguntando porque estás enfadado o porque lo quieres saber?

Buena pregunta. No era relevante decir que probablemente las dos cosas, por lo que optó por decir:

–Siempre lamentaré no haber estado presente

cuando él llegó a este mundo. Sin embargo, entiendo que si vamos a progresar a partir de aquí, no puedo dejar que ese sentimiento me corroa. Los dos vamos a tener que ceder un poco aquí. Por lo tanto, la respuesta a tu pregunta es que quiero saberlo porque tengo curiosidad por todas las cosas que se refieran a Eli.

–Gracias por ser sincero.

–Es el único modo de progresar, ¿no te parece?

–Está bien –dijo ella–. Tenía una cita la semana en la que salía de cuentas. Yo había supuesto que saldría de cuentas sin dar a luz, dado que muchas de las madres primerizas se pasan algunos días. Sin embargo, al médico le preocupaban los latidos del corazón de Eli. Hizo una ecografía y vio que la placenta se estaba separando de la pared uterina… ¿Quieres saber todos estos detalles o es demasiado explícito para ti?

–Sigue –le ordenó. No le gustaba que hubiera tenido que pasar por todo aquello sola. Si no hubiera sido tan testarudo, habría estado a su lado para protegerla y tranquilizarla.

–El médico ordenó que se me practicara una cesárea de urgencia. Ni siquiera tuve tiempo para marcharme a casa y recoger mi cepillo de dientes –bromeó ella para aligerar el ambiente.

Sin embargo, Elliot no se reía.

–Pasarías mucho miedo. Ojalá pudiera haber estado a tu lado. Nos hemos ayudado el uno al otro en muchos momentos difíciles a lo largo de los años.

–Traté de llamarte antes de entrar a quirófano,

pero me saltó directamente el buzón de voz. Después volví a intentarlo, pero asumí que estabas en uno de tus viajes secretos para la Interpol.

–Así es –dijo él tras calcular las fechas mentalmente. Recordaba bien el caso en el que había estado trabajando en aquellos momentos.

–Sé que debería haber insistido. Ni siquiera te dejé un mensaje y lo siento. Tal vez tú consigas olvidarlo, pero yo jamás me lo perdonaré.

Elliot guardó silencio. No estaba seguro de qué hacer ni de qué decir para que los dos se sintieran bien.

–¿Qué habríamos hecho si Malcolm y Conrad no te hubieran secuestrado en la despedida de soltero?

Buena pregunta.

–Me gusta pensar que yo habría recuperado el sentido común y habría tratado de localizarte. No sé cómo diablos dejé que pasaran once meces…

–Ni cómo encontraste una prometida tan rápido –le espetó ella–. Le pediste matrimonio a otra mujer menos de tres meses después de que nos acostáramos juntos. Sí, eso es un problema para ti.

–Tal vez te pueda sonar extraño –replicó él tras sopesar sus palabras cuidadosamente–, pero Gianna fue la que salió peor parada. Yo no la quería del modo en el que debería haberlo hecho. No fui justo con ella.

Lucy Ann esbozó una tensa sonrisa.

–Perdóname si no me preocupa mucho el hecho de que fueras injusto con Gianna. Por lo que oí en las noticias, fue ella la que rompió contigo y no al revés. Si ella no se hubiera marchado, ¿te habrías casado con ella?

Elliot se quedó atónito. ¿Lucy Ann había leído lo de su ruptura? Ella se marchó, pero siguió pendiente de su vida. Si él hubiera hecho lo mismo con ella, se habría enterado antes de lo de Eli. Por mucho que él quisiera culpar a una misión de la Interpol, sabía que debería haber estado pendiente de Lucy Ann.

¿Por qué no lo había hecho? Ella se había portado muy bien con él. Siempre había estado a su lado. Siempre le había perdonado. Maldita sea. No se la merecía.

Que Lucy pudiera pensar que él siguiera deseado a Gianna, en especial después de lo que los dos habían compartido… Resultaba incomprensible.

–No. No quería casarme con ella. Rompimos el compromiso. Yo sabía que era inevitable. Simplemente, ella habló primero.

Lucy Ann asintió.

–Bien. Aprecio tu sinceridad, pero sigue sin parecerme bien que salieras corriendo detrás de ella después de que nosotros… No me parece bien, pero me estoy esforzando al respecto.

Conrad le había dicho que se rebajara. Elliot trató de encontrar el modo de darle a Lucy Ann lo que necesitaba.

–Me parece justo. Al menos, ahora sé qué terreno piso contigo –dijo él. Miró hacia la carretera. Rebajarse resultaba mucho más difícil de lo que había esperado–. Eso era lo peor de mi infancia al lado de mi padre. La incertidumbre. No estoy diciendo que hubiera estado bien que me hubiera pegado con regularidad, pero me creaba mucho estrés saber cómo iba a reaccionar… Era una manera horrible de vivir.

—Lo siento mucho —susurró ella tras colocarle de nuevo la mano en la rodilla. En aquella ocasión, no la apartó.

—Lo sé. Entonces, tú me ayudaste a mantener la cordura. Siempre supe que eras tú quien desinfló las ruedas de mi padre en aquella ocasión…

—¿Cómo lo supiste?

—Porque lo hiciste mientras yo estaba en aquella excursión a la feria de ciencias. De ese modo, no se me podía culpa de nada ni mi padre podía hacerme objeto de su ira. ¿Me equivoco?

—Esa era la idea. No podía permitir que tu padre se saliera con la suya en todo.

—No lo hizo. Al final no…

—Supongo que hay una cierta justicia poética en el hecho de que muriera en una pelea de bar mientras tú estabas en la escuela militar.

—Eres un poco vengativa… —susurró él. Las palabras de Lucy Ann le habían sorprendido.

—En lo que se refiere a proteger a las personas de mi vida, por supuesto.

Lucy Ann era sorprendente. Elliot no podía negar la admiración que sentía por la mujer en la que ella se había convertido. En realidad, siempre había sido esa mujer, pero había estado oculta por el peso de sus propios problemas.

Con ese pensamiento, solo consiguió que se apilara encima de él más sentimiento de culpabilidad por todas las veces en las que él le había defraudado. Tenía que encontrar el modo de compensarla. Tenía que hacer lo que Conrad le había sugerido. Todo. Tenía que recuperarla para conseguir que se convirtiera en su esposa.

Lucy Ann estaba sentada en la terraza con Jayne Hughes, preguntándose cómo una mujer que había estado separada durante tres años podía ser una esposa y madre tan feliz. ¿Cómo habían conseguido superar sus problemas?

No se podía negar el aire de paz que irradiaba de la atractiva rubia con su pequeña en brazos. Los Hughes dividían su vida entre su casa de Montecarlo y la que tenían en África, donde Jayne trabajaba como enfermera en una clínica que su esposo fundó con otro miembro de la hermandad Alpha. Hacía que pareciera que todo lo que hacía no le suponía esfuerzo alguno.

Acarició suavemente la espalda de su hijo. Eli se le había quedado dormido.

Jayne terminó de servir el almuerzo y, entonces, sacó un folleto.

—Ah, casi se me olvidaba darte este folleto para Elliot.

—¿Para Elliot? —le preguntó Lucy Ann asombrada—. ¿Sobre lactancia?

—La otra noche llamó a Conrad para pedirle

consejo –respondió mientras empezaba a darle el pecho a su hija–. No sé por qué no lo miró en Google. Bueno, sea como sea, este folleto explica todo lo que necesita saber.

–Gracias –dijo Lucy mientras se metía el folleto en el bolso–. No me ha dicho que llamó a tu marido para pedirle ayuda.

–Probablemente le daba vergüenza. Los hombres son muy orgullosos –comentó mientras se tomaba un sorbo de agua helada.

–Ser padres implica muchas cosas que aprender –reconoció Lucy Ann–, en especial para alguien que no creció en compañía de otros niños.

Ella misma se habría sentido abrumada si no hubiera tenido la ayuda de la tía Carla.

–Creo que es maravilloso que lo esté intentando. Muchos hombres se limitarían a cargárselo todo a la niñera.

Jayne miró por encima del hombro a través de las puertas abiertas de la terraza. De algún modo, supo que Conrad había llegado sin ni siquiera mirar.

–Acabo de sugerirle que no estaría mal que alguien más cambiara los pañales –bromeó Conrad–. ¿Quién diablos quiere cambiar un pañal? Eso no me convierte en un ser humano despreciable.

–Tienes razón –admitió Lucy Ann.

–No lo animes –comentó Jayne.

Conrad sonrió.

–Lucy Ann, dime cuando quieras marcharte. Le prometí a Elliot que os llevaría de vuelta a su apar-

tamento. Él va un poco retrasado con lo del recono-
cimiento de pista. Que os divirtáis, chicas –les dijo
mientras tomaba a su hija en brazos–. La princesa y
yo nos vamos a leer el *Wall Street Journal*.

Conrad desapareció en el interior de la casa con
su hija. Le iba hablando de acciones y ventas como
si fuera una canción infantil.

–Envidio todos los amigos que tenéis y el apoyo
que os dan. Elliot y yo no tuvimos muchos amigos
en nuestra infancia y adolescencia. Él siempre tenía
problemas, por lo que los padres jamás le invitaban
a sus casas, y yo era demasiado tímida para hacer
amigos.

–Ya no lo eres.

–No permito que la gente se dé cuenta.

–Hace años que te conocemos. Espero que nos
consideres también tus amigos.

Efectivamente, se conocían hacía años, pero ella
era tan solo la empleada de Elliot. No se podía decir
que sus amigos la hubieran excluido, pero Conrad
había estado separado durante años y los demás
se habían empezado a casar hacía poco.

–Nos veremos por Eli.

–¿Y Elliot?

–Bueno, seguimos trabajando en lo nuestro.

–Pero estáis haciendo progresos.

–¿Has leído los periódicos sensacionalistas?

–Ni me molesto –replicó Jayne–, pero vi cómo os
mirabais los dos cuando Elliot te trajo a casa.

–Ahora está muy contento por la novedad. Las
cosas se calmarán poco a poco.

–No estoy de acuerdo. A mí me parece diferente. Todos los hombres terminan sentando la cabeza.

–¿Y lo del trabajo con el coronel? ¿Cómo les permite eso ser hombres de familia?

–Buena pregunta. Siguen trabajando cuando están casados, pero cuando empiezan a tener hijos, las cosas cambian. Su papel no es tan activo. Pasan a un segundo plano, como Salvatore.

–Pero es que el padre de mi hijo además se gana la vida estrellándose contra las paredes…

–Le conoces desde hace mucho tiempo. ¿Por qué son diferentes ahora las cosas?

–No sé cómo reconciliar nuestra amistad con todo lo que ha pasado.

–Con lo de «todo lo que ha pasado», ¿te refieres al sexo? –sonrió Jay mientras se tomaba una uva.

–Se me había olvidado lo directa que puedes ser.

–Viene con lo de amar a un hombre como Conrad. Esa clase de hombres no siempre percibe las sutilezas.

Era cierto. Lucy Ann pinchó una fresa con chocolate y trató de no sonrojarse por los tórridos recuerdos que la fruta le evocaba.

–Directa o no, sigo sin encontrar la respuesta.

Jayne apartó el plato y se apoyó en la mesa.

–No tienes que reconciliar las dos maneras de ser. Ya está hecho, o lo estará cuando los dos os dejéis de pelear.

¿Podría ser que Jayne tuviera razón? Tal vez había llegado el momento de darle verdaderamente una oportunidad. Ver si él tenía razón. Ver si podían disfrutar juntos de una vida de cuento de hadas.

El miedo se apoderó de ella, pero ya no era la muchacha tímida de antes. Era una mujer segura de sí misma y estaba decidida a demostrarlo.

Elliot se quitó la cazadora de cuero negro al entrar en el apartamento. Había realizado las vueltas preliminares en la pista, había revisado el coche hasta el último detalle y, sin embargo, lo había perdido todo en las prácticas.

Le dolía todo el cuerpo por la tensión. Dio las gracias porque Lucy Ann no estuviera allí. No quería que ella se preocupara.

Avanzó con sigilo por el apartamento para no despertar a nadie. Entonces, golpeó algo con el pie. Al mirar hacia el suelo, se encontró con un libro. Se trataba de una copia de *Hansel y Gretel*. Cuando volvió a fijarse en el suelo, vio que había más libros, y que todos parecían conducir hacia su dormitorio. Fue recogiéndolos todos. Cada uno era un cuento diferente.

Sin embargo, cuando abrió la puerta de su dormitorio, vio que estaba vacío.

Frunció el ceño y miró a su alrededor. Entonces, vio que había más libros que conducían al cuarto de baño. Al llegar a la puerta, escuchó atentamente y oyó que la ducha estaba corriendo. Dejó los libros sobre la cómoda y entró en el cuarto de baño. Sonrió al ver la silueta envuelta en vapor tras la mampara de cristal. Lucy Ann estaban canturreando. No parecía haberse dado cuenta de que él había llegado.

Elliot se quitó la ropa y abrió la puerta de la ducha para entrar. Inmediatamente, Lucy Ann dejó de cantar, pero no se dio la vuelta. Se limitó a extender una mano. Elliot entrelazó los dedos con los de ella y dejó que los chorros de agua caliente lo empaparan. El calor alivió el estrés de sus músculos, pero dio paso a una nueva tensión. Vio el preservativo sobre la jabonera y, en ese momento, se dio cuenta de que Lucy Ann había pensado todo aquello.

Se apretó contra la espalda de ella y la rodeó entre sus brazos. La erección ya le palpitaba con fuerza y se interponía entre ambos.

—Estoy tratando de pensar en qué cuento de hadas estás pensando y solo se me ocurre *El Príncipe rana.*

Lucy Ann inclinó la cabeza para darle mejor acceso a su cuello y comenzó a acariciarle el cabello.

—Esta noche vamos a escribir nuestra propia fantasía.

Elliot gruñó para dar su aprobación y deslizó las manos sobre la húmeda piel de Lucy Ann, acariciándole los senos que se erguían contra sus manos. La sangre le ardía de deseo. Bajó una mano y se la colocó entre las piernas, acariciando su suave feminidad, encontrando el dulce centro de su deseo. Le rodeó la cintura con un brazo y siguió acariciando y estimulando, sintiendo cómo la excitación lubricaba su caricia. Lucy Ann se apoyó contra él y separó las piernas para facilitarle el acceso.

El trasero de Lucy Ann estaba pegado a él, por lo que a Elliot le resultaba muy difícil controlarse. Cada movimiento de caderas amenazaba con enviarlo a lo más alto de la cima del placer, pero Elliot se contenía para conseguir que Lucy Ann fuera la que gozara. Le metió dos dedos y dejó que el pulgar siguiera estimulándola.

Sus gemidos resonaban en la ducha. Cada suspiro de su excitación le daba placer a él y hacía que la sangre le latiera con fuerza en las venas. Por fin, ella gritó de gozo y alcanzó el clímax entre sus brazos, arqueándose contra su cuerpo.

Elliot saboreó cada instante hasta que ya no pudo esperar más. Entonces, agarró el preservativo y se lo puso. La colocó contra la pared, con las palmas de las manos sobre los azulejos y, tras colocarse detrás, se hundió profundamente en ella. Las sensaciones se apoderaron de él y comenzó a moverse. Todo iba tan rápido… Estaba tan cerca… Entonces oyó que ella gritaba al alcanzar un segundo orgasmo y se vertió. El éxtasis se apoderó de él. Tuvo que apoyarse contra la pared para no caerse. Los latidos del corazón le resonaban con fuerza en los oídos. Se separó de ella, pero sin dejar de abrazarla.

De repente, su mundo se expandió más allá de aquella ducha. Volvió a estrecharla entre sus brazos y pensó en lo que le había pasado en la pista aquel día, en lo cerca que había estado, y en todos los consejos que le habían dado sus amigos. Había esperado demasiado tiempo a lo largo de aquellos once meses y quería asegurarse de que ella se quedaba con él para siempre. No iba a permitir que pasara otro minuto sin dar un paso adelante en sus vidas.

Le mordisqueó la oreja.

–¿Qué clase de casa quieres?

–¿Casa?

–Quiero construirnos una casa de verdad, Lucy Ann. No quiero apartamentos ni lugares alquilados por todo el mundo.

–Mmm –susurró ella–. ¿Y qué ciudad elegirías?

–Necesito una casa Un hogar para nuestro hijo.

–Veo que estás dando por sentado que los dos permaneceremos juntos.

–¿Dónde quieres vivir? –le preguntó él como si no la hubiera escuchado–. Construiré dos casas, la una junto a la otra si eso es lo que prefieres. Tengo un amigo que restaura casas históricas.

Lucy Ann se dio la vuelta y le apretó los dedos contra los labios.

–¿Y no podemos seguir simplemente haciendo el amor?

Elliot le agarró la mano y se la besó, decidido a no perder aquella oportunidad. A no permitir que ella volviera a marcharse.

–Casémonos.

Lucy Ann se apoyó sobre él y comenzó a acariciarle entre las piernas, moldeando la mano a la forma de su cuerpo.

–No tienes que pedirme matrimonio para conseguir que me acueste contigo –susurró sin dejar de mover la mano.

Elliot la apartó y la miró a los ojos.

–No estoy bromeando, por lo que te agradecería que te tomaras mi proposición muy en serio.

–¿De verdad? ¿Ahora? –dijo ella dando un paso atrás–. Supongo que lo dices en serio. Por Eli, por supuesto.

–Por supuesto que Eli es una parte muy importante de la ecuación –replicó él–, pero también es porque tú y yo encajamos como pareja a muchos niveles. Llevamos mucho tiempo siendo amigos y nuestra química… Bueno, eso no necesita explicación. Solo tenemos que decidir cómo evitar pelearnos y tendremos el final feliz garantizado.

–¿Final feliz? ¿Crees que eso es posible para personas como tú y yo?

–¿Y por qué no iba a serlo?

–Por nuestros pasados. Nuestros padres. Nuestras historias personales. Me niego a pasarme el resto de la vida preguntándome cuándo va a entrar la siguiente Gianna por la puerta.

Comprendía perfectamente lo que su fallido compromiso debía parecerle a ella y el papel que habría jugado en el hecho que ella guardara silencio sobre su embarazo.

Probablemente, ahí era donde entraba lo de rebajarse.

–Lo siento…

–¿Qué es lo que sientes? ¿El compromiso o el hecho de que no te pusiste en contacto conmigo…? Diablos, olvídate de lo que he dicho…

Lucy Ann se inclinó hacia él para besarle. Si se besaban, la discusión terminaría y sería una oportunidad perdida. Elliot la tomó en brazos y se giró para sentarse en el asiento de piedra que había en una esquina. Ella protestó, pero él insistió.

–¿Esperabas que te siguiera? ¿Después de que me dijeras, palabras textuales, «no quiero volverte a ver, cerdo irresponsable»?

–¿Tú nunca has dicho nada en un momento de acaloramiento de lo que te hayas arrepentido más tarde?

–Si tú lamentabas esas palabras, te habría agradecido mucho que me lo hubieras dicho.

Lo de rebajarse estaba muy bien, pero Elliot no pensaba aceptar toda la culpa de lo que había pasado en aquellos meses.

–De eso se trata. Los dos somos tan orgullosos que ninguno de los dos dio los pasos necesarios para reparar el daño que hicimos. Sí, admito que los dos lo pasamos mal, aunque pareció que tú te recuperabas muy rápido con Gianna. Yo reconozco que perder nuestra amistad te hizo daño, pero la amistad no es suficiente para construir un matrimonio. Por lo tanto, ¿podemos volver a lo de amigos con derecho a roce?

–Maldita sea, Lucy Ann…

–¿Sabes lo que pienso? –le preguntó ella mientras le acariciaba el rostro con las manos–. Pienso que no crees en los cuentos de hadas. Las citas, el romance… Todo esto no ha sido más que un juego para ti después de todo. Un desafío. Una competición. Algo que debías ganar…

–Sospecho que se me ha conducido a una trampa.

Elliot había pensado que estaba interpretando bien las señales y dando los pasos adecuados para solucionar aquella situación, pero solo parecía haber conseguido cavarse un hoyo más grande.

–Bueno, tú has seguido mis migas de pan –replicó ella con tristeza.

–Entonces, ¿estás segura de que no te quieres casar conmigo?

Lucy Ann dudó.

–Estoy segura de que no quiero que me pidas matrimonio.

Aquellas palabras lo dejaron perplejo. Había esperado que ella dijera que sí. Había pensado… Había dado por sentada su respuesta y no sabía lo que hacer.

–Si accedo a dejar de pedirte que te cases conmigo, ¿podemos seguir disfrutando de este sexo tan increíble?

–Hasta finales de mes.

–¿Sexo durante unas pocas semanas? ¿Te pareces bien acostarte conmigo cuando ya tienes preparada la huida?

–Esa es mi oferta –dijo ella. Se puso de pie y dio un paso atrás–. O lo tomas o lo dejas.

–Lucy Ann… estoy encantado de poseerte una y otra vez hasta que los dos estemos demasiado agotados como para discutir –repuso él, aunque no podía negar que quería mucho más de ella–. Sin embargo, tarde o temprano tendremos que hablar.

Capítulo Once

Lucy estaba tumbada encima de la cama de Elliot, completamente saciada. Sin embargo, aún no estaba dispuesta a que finalizara la velada.

¿Quién no querría compartir su vida con él? ¿Por qué Lucy Ann no podía aceptar su proposición? Aquella era la solución más fácil para criar a Eli. Eran buenos amigos, amantes increíbles… ¿Por qué no dejarse llevar?

Había algo que se lo impedía. No podía darle el sí. Confiaba en él, pero pensar en el pasado, en lo ocurrido hacía once meses…

Le deslizó los dedos por el cabello.

–No se puede negar nuestra historia, nuestra amistad ni lo bien que nos conocemos, pero tú te interesas ahora por mí porque te he dicho que no. No te gusta que se te rechace.

Elliot le agarró las dos manos y le dio un beso en las palmas.

–Ya te he dicho que dejaría de competir y lo decía en serio. Ahora soy padre y comprendo que tengo responsabilidades.

¿Responsabilidades? ¿Era eso todo lo que eran para él? En realidad, en cierto modo, eso era precisamente lo que Lucy Ann había sido para él desde que él le ofreció un trabajo como su asistente personal, aunque, por aquel entonces, no estaba cualificada para el trabajo. Elliot se lo había dado por amistad y, seguramente, por sentirse obligado a cuidar de ella. Eso había sido hacía mucho tiempo, pero, ciertamente, la obligación no le parecía un pilar lo suficientemente fuerte como para construir sobre él una vida.

Lucy se apartó de él.

—Haz lo que quieras.

—¿Qué es lo que he dicho? ¿Quieres que lo deje, yo me ofrezco a hacerlo y encima te enfadas?

—Yo no he dicho que quiera que lo dejes. Comprendo lo importante que tu carrera es para ti. Tienes una naturaleza muy competitiva, lo que no es malo. Te ha convertido en un hombre de gran éxito.

—Mencionaste antes mi competitividad, Lucy Ann, pero esa no es la razón por la que yo...

Ella se puso de costado y le pasó un dedo por los labios para que no pudiera mencionar la palabra «matrimonio» de nuevo.

—Basta ya de hablar. Deberías descansar ahora para que estés centrado para la carrera.

Así, ella podría escaparse de su dormitorio, lejos de la tentación de aceptar lo que él le ofrecía. Pero Elliot la tenía agarrada por la cintura y no podía apartarse de él. Él le acariciaba suavemente la espalda, Lucy Ann comenzó a relajarse.

—Lucy Ann, tienes razón, ¿sabes?

—¿Razón sobre qué? —preguntó casi dormida.

—Me gusta ganar. Más bien necesito ganar...

Lucy abrió los ojos, pero no se movió. Se quedó mirando el torso de Elliot y escuchando.

—En el mundo hay dos tipos de personas, las que han conocido el dolor físico y las que no lo conocerán nunca. Recibir una paliza tiene consecuencias para el alma. Te cambia. Te puedes curar y puedes seguir con tu vida, pero cambias para siempre desde el momento en el que te rompes y gritas para que pare.

—Dios, Elliot… —susurró ella.

—No hables. Todavía no —dijo entrelazando los dedos con los de ella—. A todos nos gusta pensar que somos lo suficiente fuertes para aguantar lo que esa persona te hace con el cinturón o con el zapato o con lo que utilice para pegar. Al principio, uno cree que puede ganar. La persona que tiene el arma busca una cosa. No se trata de provocar dolor, sino de conseguir sumisión.

Elliot le puso un dedo debajo de la barbilla y la obligó a mirarlo.

—Ahora todo está bien —prosiguió él—. Cuando estoy en una carrera, es mi oportunidad para ganar. Nadie, absolutamente nadie, me volverá a derrotar.

Lucy Ann contuvo el aliento. El llanto del pequeño Eli los sobresaltó a los dos. Lucy Ann no supo cuál de los dos se sintió más aliviado, si Elliot o ella.

Elliot apenas probó la comida que les sirvieron en un elegante café cerca del lugar de la carrera. Al menos, sus amigos y su mentor parecían estar divirtiéndose. Elliot quería atribuir su poco entusiasmo a la falta de sueño.

El día de la carrera en Mónaco siempre había sido uno de los favoritos de Elliot. Sin embargo, él no hacía más que pensar en las palabras de Lucy Ann. Ella le había acusado de buscar desafíos, de verla a ella como un desafío… Maldita sea. Elliot solo quería construir un futuro a su lado.

La miró y vio que tenía la frente arrugada y ojeras. Quería quitarle a Eli de los brazos para que ella pudiera descansar.

Musitó una excusa y se levantó para abandonar la mesa. Necesitaba aire. Espacio.

Se dirigió al jardín que había en la parte trasera. Todos los clientes se habían marchado ya, todo estaba tranquilo, tanto que estuvo a punto de no ver al coronel Salvatore sentado en un banco mandando mensajes de texto.

Junto a él, estaba su hijo, tan pendiente de su Game Boy como su padre del teléfono. Entre ambos, había un par de platos vacíos.

El coronel se puso de pie y le dijo algo a su hijo. Entonces, se dirigió a Elliot sin apartar la mirada del teléfono. Al llegar al lado de Elliot, se guardó el teléfono en el bolsillo.

–No podíamos estarnos sentados y quietos –dijo diplomáticamente–. Así que salimos aquí a jugar a Angry Monkeys o algo por el estilo.

–Estoy seguro de que los dos disfrutasteis más de la comida aquí fuera –repuso Elliot–. Me vendría bien un consejo…

–¿Por qué no se lo pides a tus amigos?

–Acaban de ser padres y sus hijos son bebés. Tu hijo es mayor…

–Un hijo al que raramente veo debido a mi horario de trabajo. Por lo tanto, no creo que sea yo al que debes pedir ayuda.

–En ese caso, supongo que el primer consejo que me daría sería que pasara tiempo con él.

–Supongo que sí. Los regalos no compensan la ausencia, aunque no hay que subestimar el poder de un videojuego bien elegido.

–Mi principal problema es que me faltan modelos en lo de ser padre… Aparte de usted, claro está.

–Vaya, gracias –dijo Salvatore.

–¿El consejo?

–No lo fastidies.

–¿Ese es el consejo? ¿Que no lo fastidie?

–Está bien. Te lo diré más claro –repuso Salvatore, como si hubiera estado jugando con él desde el principio–. A lo largo de tu vida, has tenido que robar todo lo has querido tener: comida, coches, amigos, tu libertad…

–Eso ha quedado atrás.

–¿De verdad? Me resulta difícil ver más allá del muchacho que eras cuando llegaste a mi escuela completamente empecinado en la autodestrucción.

–¿Autodestrucción? No estoy seguro de entenderte…

–Robaste un coche a propósito para escapar de tu padre y te sentiste culpable por dejar sola a Lucy Ann –dijo Salvatore, con tanta percepción que parecía que hubiera estado escuchando las conversaciones recientes de Elliot–. Esperabas ir a la cárcel como castigo y, como eso no ocurrió, has estado tratando de demostrarle al mundo lo malo que eres. Apartaste a Lucy Ann de tu lado por comprometerte con Gianna.

–¿Cuándo encontraste tiempo de sacarte el título de psicología entre ser director de un colegio y tu trabajo para la Interpol?

–¿Ves? Ahí está otra vez. Estás tratando de demostrar lo listo que eres.

Elliot respiró profundamente y trató de centrarse.

–Estoy tratando de hacer lo que debo con Lucy Ann. Quiero atender mis obligaciones.

–Lo que debes –susurró el coronel mientras se rascaba la cabeza–. ¿Y cuáles son?

–Cuidar de nuestro hijo, casarme con ella. Evidentemente piensas que me estoy estancando. ¿Te resulta divertido ver cómo no sé ni por dónde voy?

–Si te digo lo que tienes que hacer, no aprenderás nada. Un mentor guía, dirige.

El coronel regresó para sentarse en silencio al lado de su hijo.

Necesitaba tranquilizarse antes de la carrera. Al otro lado de la verja, vio a una morena de cabello rizado. Se fijó un poco más y se quedó atónito al ver a Gianna cruzar la calle del brazo de un campeón brasileño de Fórmula 1.

***

A Lucy Ann los días de carrera le parecían muy emocionantes, pero no podía sacudirse de encima una extraña sensación. Sentía que Elliot y ella no iban a ser capaces de hacer que las cosas funcionaran antes de que se terminara el tiempo que los dos habían acordado. Estaba sentada en un palco privado con los amigos de Elliot y los familiares del resto de los conductores. Trató de acallar sus temores.

De repente, entre el revuelo que la rodeaba, alguien captó su atención. Era Gianna... Bajaba los escalones con seguridad. Llevaba un vestido blanco que se ceñía a su perfecto y delgado cuerpo.

Gianna la había visto y se dirigía hacia ella. Sin embargo, si pensaba que iba a intimidar a Lucy Ann estaba muy equivocada.

Esta se levantó y se dirigió hacia la escalera. Entonces, dijo en voz alta para que todo el mundo pudiera escucharla:

—Gianna, me alegro tanto de que hayas podido venir...

Lucy Ann le dio un fuerte abrazo y le susurró al oído:

—Vamos a charlar en privado y, sobre todo, no montaremos ninguna escena antes de la carrera.

Tras eso, agarró a Gianna del brazo y se la llevó al tocador de señoras. Entonces, cerró la puerta con llave. Cuando se aseguró que no había nadie más dentro, regresó junto a Giana.

—¿Por qué estás aquí?

—He venido con un piloto brasileño retirado. Simplemente iba a saludarte.

–No me lo creo…

La falsa sonrisa de Gianna por fin se le borró del rostro.

–He regresado porque ahora es una pelea justa…

–No estoy segura de saber lo que quieres decir…

–Antes, cuando me enteré de lo de tu bebé…

–¿Lo sabías?

–Me enteré por casualidad. Me puse a indagar en tu vida… –dijo, encogiéndose de hombros–. Me quedé destrozada, pero rompí el compromiso.

–Eh, espera un momento –le ordenó Lucy–. No lo comprendo. Elliot me dijo que lo rompiste por su trabajo para la Interpol. Me dijo que no podías soportar el peligro.

–Resulta tan fácil engañar a los hombres… Rompí el compromiso porque yo no podía ser la que le dijera lo de tu embarazo. Yo no podía ser esa clase de mujer, la que rompía el amor verdadero. La mala del triángulo. Sin embargo, tampoco podía casarme con él sabiendo que él podría seguir queriéndote a ti o al niño.

–Y por eso te marchaste…

–Sí. Le amaba lo suficiente para dejarle y permitir que él decidiera por sí mismo.

–¿Sigues amándolo?

–Sí.

Lucy Ann miró a los ojos de Gianna y vio verdadero sufrimiento.

–No eres lo que me esperaba.

–Y tú eres todo lo que me temía.

¿Qué iban a hacer? Lucy Ann se tomó unos instantes para encontrar la respuesta hasta que se dio cuenta de que el ruido que escuchaba era real, y no producto de su imaginación. Se escuchaba a la gente gritando y corriendo...

Abrieron la puerta del tocador y, al salir al exterior, se encontraron con una verdadera confusión...

Lucy Ann le agarró el brazo a un guardia de seguridad.

–¿Qué es lo que ha pasado?

–Señora, ha habido un accidente en la parrilla de salida. Le ruego que regrese a su asiento y que nos deje hacer nuestro trabajo.

El guardia se apartó de ellas y se fundió rápidamente con la multitud.

–¿Un accidente? –repitió ella con el estómago atenazado por el temor.

Había otros pilotos. Muchos otros. Un accidente en la parrilla de salida sería algo muy leve, ¿no? Lucy Ann se imaginó un montón de horribles posibilidades, todas las cuales implicaban a Elliot.

Se abrió paso entre la multitud para llegar a la pantalla de televisión más cercana. En ella se veían imágenes de llamas.

Elliot se había estrellado.

Capítulo Doce

Con el corazón en la garganta, Lucy Ann se apartó de la pantalla y se sacó del bolsillo el pase que le daba acceso ilimitado. Bajó rápidamente la escalera y atravesó varios controles de seguridad. El pulso le latía en los oídos. Buscaba los coches de carreras, llamas… Sin embargo, no encontró señales de que hubiera habido una explosión importante.

La sirena de una ambulancia atravesó una línea en la que el personal de pista estaba regando la calle con extintores. La ambulancia siguió hacia delante, hasta el lugar en el que dos coches estaban parados, uno de ellos de costado, el uno junto al otro, como si se hubieran chocado. El que estaba de costado era el de Elliot.

Los trabajadores de emergencia se pusieron a trabajar alrededor del vehículo. Lucy Ann contuvo las lágrimas, hasta el punto de que no podía respirar, ni gritar ni hacer nada. Solo esperar.

Los de emergencias sacaron a Elliot. Estaba vivo. Sin poder evitarlo, se apoyó aliviada contra la persona que estaba detrás de ella. Cuando se fijó, vio que se trataba del coronel Salvatore. Él la abrazó para tranquilizarla y los dos vieron que Elliot se movía mientras los enfermeros trataban de llevarlo a la ambulancia. Él se detuvo en seco y se quitó el casco para saludar a todos los presentes. La multitud rugió de alegría y empezó a aplaudir. En ese momento, Elliot se dio cuenta de la presencia de Lucy Ann y ella sintió el impacto de su mirada. Estaba enamorada de él. Verdaderamente enamorada.

Fuera lo que fuera lo que hubiera pasado entre ellos, el vínculo existía. .

Elliot se apartó del personal de emergencia y se dirigió a ella. Vagamente, se dio cuenta de que el coronel enseñaba una especie de placa que hizo que el guardia de seguridad se hiciera a un lado para dejarla pasar. Cuando lo hizo, Lucy Ann echó a correr hacia Elliot.

–Gracias a Dios que estás a salvo… –susurró abrazándolo con fuerza.

Elliot la besó para tranquilizarla y luego la apartó, abrió una puerta que la llevaba a un despacho particular.

–Lucy Ann, respira profundamente o te vas a desmayar. Estoy bien. Solo ha sido un accidente sin importancia. El eje del otro piloto se rompió y se estrelló contra mí. Todo el mundo está bien.

–Pero había fuego. Yo no diría que fue un accidente sin importancia.

–Si ni siquiera se me ha quemado el pelo –bromeó él mientras le enmarcaba el rostro a Lucy Ann entre las manos.

–Mira, no tengo ganas de bromas…

–Entonces, ¿qué te puedo decir para que te tranquilices?

–Nada. No hay nada que puedas decir en estos momentos.

Lucy Ann le enredó los brazos alrededor del cuello y lo besó. En realidad, fue mucho más que un beso, era la necesidad de conectarse con él, aunque solo fuera a nivel físico.

–Lucy Ann… ¿estás segura de que sabes lo que estás haciendo?

–¿Piensas regresar a la carrera?

–Mi coche no puede competir, ya lo sabes. Pero, ¿estás…?

Ella le impidió seguir hablando con un beso. Estaba cansada de dudas, preguntas y reservas. Estaba cansada del pasado. Ya no eran unos niños, pero no podía soportar que él pudiera estar de nuevo en peligro. Haría lo que fuera para mantenerlos a salvo, para que los dos se olvidaran de todo lo ocurrido en sus vidas.

En ese momento, ese «lo que fuera» significaba sexo apasionado contra la puerta. Rápido e intenso. Nada de juegos ni de cuentos de hadas. Aquello era la realidad.

Le bajó la cremallera mientras él se quitaba los guantes con los dientes. Elliot la colocó de espaldas contra la puerta y le subió el vestido. Un segundo más tarde, le apartó las braguitas. Lucy por su parte le abrió el mono todo lo que pudo para dejar libre la erección. Inmediatamente, él la penetró.

La cabeza de Lucy Ann se golpeaba contra el panel de metal. Cerró los ojos para perderse en las sensaciones. Le deslizó un pie por la pantorrilla hasta que consiguió rodearle con él y atraerlo contra ella. El ritmo de sus cuerpos era frenético.

Demasiado pronto, el placer llegó a lo más alto. Ella enterró el rostro en el hombro de Elliot tratando de ahogar el grito que se le estaba formando en la garganta. Las palabras que él le susurraba al oído para animarla terminaron por hacer estallar el placer. Elliot sintió que ella se tensaba entre sus brazos y, entre temblores, alcanzó su propio orgasmo. Apoyó la frente en la puerta mientras ella le acariciaba el cabello. Poco a poco, fueron recuperando los sentidos y el suave ruido que provenía del exterior les indicó que no podían quedarse allí para siempre.

Ya no podían seguir escondiéndose de la verdad.

Lucy Ann no pertenecía a ese mundo. No podía quedarse con él. Por muy fuerte que fuera la atracción entre ellos, aquella no era la vida que había soñado. Ella buscaba un hogar.

Amaba a Elliot. Siempre lo había amado, pero se había pasado la mayor parte de su vida adulta siguiéndole. Era hora que se hiciera cargo de su vida por ella misma y por su hijo.

–Elliot, no puedo seguir haciendo esto, construyendo una vida como en los cuentos de hadas. Necesito algo más, una vida real. Tal vez esto te parece aburrido, pero ahora sé quién soy. Sé la vida que quiero vivir y esa vida no está aquí.

–Lucy Ann –susurró él confuso y enojado.

–No quiero discutir contigo. No nos podemos hacer esto. Ni a nosotros ni a Eli.

–¿Estás segura de que no puedo hacer nada para conseguir que cambies de opinión?

Ella hubiera querido creer que era posible, pero el olor a humo aún estaba prendido en la ropa de Elliot y en el aire. No había otra opción.

–No, Elliot. Me temo que no.

Lentamente, él la soltó. Su rostro era sombrío, resignado. La comprendía del mismo modo perfecto y trágico en el que ella le comprendía a él.

Lo sabía. Acababan de decirse adiós.

Al día siguiente, Elliot no sabía cómo iba a despedirse, pero había llegado el momento. Estaba sentado en el porche de la casa de Carla mientras Lucy Ann le daba de comer a Eli y lo echaba a dormir.

Después de su frenético encuentro detrás de la puerta, regresaron al hotel. Ella hizo las maletas mientras Elliot lo organizaba todo para que su avión privado los llevara de nuevo a Carolina del Sur.

Lucy Ann le había dicho que viajaría sola para no interrumpir su programa de carreras y para no distraerle.

La puerta principal se abrió. Era Carla. La mujer se sentó a su lado sobre el balancín.

–Me alegra ver que sobreviviste.

–Fue un accidente sin importancia.

–Me refería al falso secuestro que tus amigos te prepararon. Pusieron tu vida patas arriba.

–Me ocuparé de Lucy y de Eli.

–Eso nunca lo he dudado. Me alegro de que te marcharas de aquí hace todos esos años.

–Yo pensaba que usted quería que Lucy se quedara… Esa ha sido siempre la impresión que he tenido a lo largo de los años.

–Creo firmemente que este es su lugar, pero no estamos hablando de ella. Me refiero a lo que ella necesitaba de adolescente. Tú tenías que marcharte antes de poder encontrar la paz aquí. Se quedó perdida después de que tú te marcharas. No recuperó la seguridad en sí misma hasta más tarde. Tú la protegías, pero siempre veías sus puntos fuertes. Eso es algo maravilloso, pero nunca te fijaste en sus inseguridades. Ella no es perfecta, Elliot. Tienes que dejar de esperar que ella sea tu princesa de cuento de hadas y dejar que sea simplemente humana.

¿De qué diablos estaba hablando? No tuvo tiempo de preguntárselo porque Carla se levantó y se marchó. Sin embargo, sus palabras en su cerebro como el polvo que busca un lugar en el que posarse.

Él conocía a Lucy Ann mejor que nadie. Todo el mundo tenía defectos. Él no esperaba que ella fuera perfecta. La amaba tal y como…

La amaba. Por qué no había sido capaz de decírselo. El tiempo había conseguido cambiarle, cambios que lo convertirían en el padre que Eli se merecía. En el hombre que Lucy Ann se merecía.

**

El momento de despedirse de Elliot se acercaba. Su pensamiento estaba lleno de arrepentimiento y de dudas.

Desde que se marcharon de Montecarlo se había pasado sumido en el dolor y la preocupación. Aún no había conseguido tranquilizarse después del accidente de Elliot. Hasta el último segundo, había esperado poder encontrar el modo de que los dos pudieran construir una vida juntos por el bien de Eli. Amaba a Elliot con todo su corazón, pero no podía negarse las responsabilidades que tenía para con su hijo. Él necesitaba una vida estable. Y ella también.

El sonido de unos pasos, familiares y masculinos, resonó en el pasillo. Reconocería a Elliot en cualquier parte. Solo tuvo un segundo para secarse las lágrimas antes de que él abriera la puerta.

Lucy le acarició la espalda al pequeño para buscar consuelo en su tacto.

–¿Quieres tomarlo en brazos antes de marcharte?

–En realidad, había pensado que tú y yo fuéramos a dar un paseo para hablar del futuro.

–Claro –respondió ella, a pesar de que no veía que tuvieran nada más que decirse. Entonces, dedujo que seguramente él quería establecer un régimen de visitas para Eli–. Sí. Deberíamos hablar del futuro, pero antes de hacerlo, tengo que saber lo que significa Gianna para ti. Ella se acercó a mí justo antes de la carrera, y me dijo que seguía enamorada de ti.

–Siento que ocurriera eso, pero voy a ser muy

sincero. Yo no amo a Gianna y, en realidad, nunca la amé. Me porté muy mal con ella embarcándome en una relación porque estaba sufriendo por nuestra ruptura. Eso fue un error que no repetiré. Ella es pasado. Mi futuro está contigo y con Eli. Y de eso es precisamente de lo que quiero hablarte. Ahora, ¿podemos ir a dar ese paseo?

Una vez en el exterior de la casa, tomaron un sendero que conducía al bosque y, tras tomar una curva del camino Lucy Ann vio cuatro de los edredones de su tía colgados de las ramas de los árboles. Otra manta cubría el suelo. Contuvo el aliento, los ojos se le llenaron de lágrimas.

Elliot le ofreció una mano que ella aceptó. La condujo a su fortaleza y la invitó a sentarse en el suelo. A continuación, se sentó a su lado.

–Elliot, espero que sepas lo mucho que siento no haberte dicho antes lo de Eli. Si tuviera que hacerlo otra vez, te juro que lo haría de un modo muy diferente. Sé que no puedo demostrarlo, pero lo digo de corazón.

–Te creo.

–Gracias, Elliot. Tu perdón significa para mí más de lo que puedo decir.

–He dejado las carreras. No hay razón alguna para seguir arriesgando mi vida en un coche o con la Interpol.

–Gracias, pero, como te he dicho antes, no quiero que hagas ese sacrificio por mí. No quiero que hagas algo que te va a entristecer porque, al final, tampoco va a ser bueno para nosotros.

–Esto no tiene nada que ver contigo ni con Eli, esta decisión tiene que ver exclusivamente conmigo. No necesito ni la fama ni el dinero. Tengo todo lo que deseo con Eli y contigo. Con tenerte, lo gano todo...

–Bueno –murmuró ella–. La vida no tiene que ser blanco o negro. Tu mundo o mi mundo. Hay maneras de llegar a un compromiso.

–¿Qué sugieres? –preguntó él con la esperanza reflejada en sus ojos verdes.

–Puedes tenerme a mí –respondió mientras le rodeaba el cuello con un brazo–. Aunque estemos separados parte del año, podemos hacer que funcione. No tenemos que ir contigo a todas partes, pero Eli y yo podemos viajar de vez en cuando.

–Sé que tú no me pediste que lo dejara, pero eso es lo que deseo. Una base sólida para nuestro hijo y para otros que podamos tener. Estoy harto de huir. Es hora de que nos construyamos una casa. Llevamos soñándolo desde que éramos niños. Lucy Ann... ha llegado el momento de que vuelva a casa y haga que ese sueño se haga realidad. Te amo. Y quiero que seas mi esposa.

¿Qué otra cosa podía hacer aparte de abrazarlo? Su deseo se había hecho realidad. Por fin estaba lista. Había encontrado la fuerza para estar con Elliot toda su vida.

–Llevo amándote toda la vida, Elliot Starc. Solo te puedo decir sí. Sí. Construyamos una vida juntos, un cuento de hadas hecho a nuestra medida.

Se besaron para sellar su futuro juntos.

Epílogo

Elliot Starc llevaba toda la vida enfrentándose al peligro. Primero, a manos de su violento padre y, más tarde, como piloto de Fórmula 1, cuando utilizaba sus viajes por todo el mundo para facilitarle información a la Interpol. Sin embargo, jamás se habría imaginado que lo secuestrarían, y mucho menos durante la celebración del segundo cumpleaños de su hijo.

Treinta segundos antes, uno de sus amigos le había atado una venda alrededor de los ojos. Perdió completamente la orientación cuando dos de sus amigos le hicieron dar vueltas. Los pies se le hundían en la arena y las olas a lo largo de la costa en la que se encontraba su casa de la playa.

−¿Estamos jugando a la gallinita ciega o a pegarle la cola al burro?

−A ninguna de las dos cosas −le dijo Lucy Ann−. Vamos a jugar a adivinar un objeto.

Le pusieron algo suave y blandito en las manos. Un peluche tal vez… Frunció el ceño porque no tenía ni idea, lo que provocó las risas entre sus compañeros de la hermandad Alpha, que habían ido a visitarlos con sus familias.

Habían comprado una finca en una isla de la

Baja Carolina, un lugar privado para los famosos que querían disfrutar de un poco de normalidad en sus vidas. Lucy Ann reorganizó sus prioridades. El matrimonio y la familia eran lo primero para él. Además, habían creado una fundación para conceder becas a los niños que más lo necesitaran. Dado que no tenían que preocuparse por el dinero, Elliot también había empezado a ir a la universidad y se estaba esforzando mucho para obtener su licenciatura en Lengua Inglesa. Lucy Ann estaba segura de que, algún día, sería profesor de universidad y novelista.

–Elliot… No te estás centrando en el juego.

Él se quitó la venda y vio a su hermosa esposa delante de él. Llevaba un biquini amarillo de ganchillo.

–Me rindo.

Antes de que pudiera reaccionar, ella le quitó el juguete de la mano y se lo colocó a la espalda.

–No te vas a librar de esto tan fácilmente.

Elliot trató de arrebatarle el misterioso juguete a Lucy Ann sin conseguirlo. Entonces, ella echó a correr por la playa. Elliot no tardó en alcanzarla y la llevó tras una duna de arena para poder besarla tal y como llevaba deseando hacerlo todo el día. Entonces, muy lentamente, la dejó de nuevo de pie sobre la arena. Lucy Ann moldeó seductoramente su cuerpo contra el de él. Si todos sus amigos no estuvieran a pocos metros de allí, Elliot no se habría detenido tan solo con un beso.

Entonces, le arrebató el juguete con facilidad,

aunque ella en realidad no presentó mucha oposición.

Se trataba de un juguete para bebés, un conejo amarillo.

–Estás…

–Embarazada –concluyó ella con una radiante sonrisa–. De cuatro semanas. Acabo de hacerme la prueba.

Llevaban intentándolo seis meses y, por fin, su sueño de darle un hermanito o una hermanita a Eli se había hecho realidad. La estrechó con fuerza entre sus brazos y comenzó a dar vueltas de alegría.

Cuando volvió a dejarla en la arena, Lucy Ann dijo:

–Cuando éramos niños, soñábamos con los cuentos de hadas. Qué extraño que no hayamos empezado a creer en ellos hasta que nos hemos hecho adultos.

Elliot le deslizó una mano por el vientre.

–La vida real contigo y con nuestra familia supera, sin duda alguna, cualquier cuento de hadas.

Deseo

SABOR A TENTACIÓN

CAT SCHIELD

A Harper Fontaine solo le intere-
saba una cosa en la vida: dirigir
el imperio hotelero de su familia,
y no estaba dispuesta a que
Ashton Croft, el famoso cocinero, estropeara la inauguración
del nuevo restaurante de su hotel de Las Vegas. Conseguir que
el aventurero cocinero cumplie-
ra con sus obligaciones ya era
difícil, pero apagar la llama de la
incontrolable pasión que les
consumía acabó resultando imposible.

Aunque Ashton había recorrido todo el mundo, nunca había conocido a una mujer tan deliciosa como Harper. Y lo
que sucedía en Las Vegas se quedaba en Las Vegas…

¿Estaba incluido el amor en el menú?

Acepte 2 de nuestras mejores novelas de amor GRATIS

¡Y reciba un regalo sorpresa!

Oferta especial de tiempo limitado

Rellene el cupón y envíelo a
Harlequin Reader Service®
3010 Walden Ave.
P.O. Box 1867
Buffalo, N.Y. 14240-1867

¡Sí! Por favor, envíenme 2 novelas de amor de Harlequin (1 Bianca® y 1 Deseo®) gratis, más el regalo sorpresa. Luego remítanme 4 novelas nuevas todos los meses, las cuales recibiré mucho antes de que aparezcan en librerías, y factúrenme al bajo precio de $3,24 cada una, más $0,25 por envío e impuesto de ventas, si corresponde*. Este es el precio total, y es un ahorro de casi el 20% sobre el precio de portada. !Una oferta excelente! Entiendo que el hecho de aceptar estos libros y el regalo no me obliga en forma alguna a la compra de libros adicionales. Y también que puedo devolver cualquier envío y cancelar en cualquier momento. Aún si decido no comprar ningún otro libro de Harlequin, los 2 libros gratis y el regalo sorpresa son míos para siempre.

416 LBN DU7N

Nombre y apellido	(Por favor, letra de molde)	
Dirección	Apartamento No.	
Ciudad	Estado	Zona postal

SPN-03   ©2003 Harlequin Enterprises Limited